2016卷

中国年度优秀诗歌

杨志学　唐　诗　主编

新华出版社

图书在版编目（CIP）数据

中国年度优秀诗歌 . 2016 卷/杨志学，唐诗主编
北京：新华出版社，2017. 1
ISBN 978－7－5166－3089－1
Ⅰ. ①中…　Ⅱ. ①杨…②唐…　Ⅲ. ①诗集—中国—当代　Ⅳ. ①I227
中国版本图书馆 CIP 数据核字（2017）第 014091 号

中国年度优秀诗歌（2016 卷）
主　　编： 杨志学　唐　诗

责任编辑： 李　成　　**选题策划：** 杨志学
责任印制： 廖成华

出版发行： 新华出版社
地　　址： 北京石景山区京原路 8 号　**邮　　编：** 100040
网　　址： http：//www. xinhuapub. com
经　　销： 新华书店
购书热线： 010－63077122　　**中国新闻书店购书热线：** 010－63072012

照　　排： 新华出版社照排中心
印　　刷： 河北鑫宏源印刷包装有限责任公司
成品尺寸： 150mm×230mm
印　　张： 18. 5　　**字　　数：** 300 千字
版　　次： 2017 年 1 月第一版　　**印　　次：** 2017 年 2 月第一次印刷

书　　号： ISBN 978－7－5166－3089－1
定　　价： 45. 00 元

目　录

当下诗歌回暖与升温（代序）

杨志学

当下，大江南北，长城内外，从城市到乡村，从企业到学校，从集体到个人，关于诗歌的大大小小的活动，诸如采风创作、朗诵会、出版发布、研讨会等，几乎随时都在发生和进行。2015 年初诞生的国家重点文化工程——中国诗歌网，每天的来稿量，新诗约 1000 份，旧体诗词约 500 份。今年又适逢中国新诗诞生 100 年（以 1917 年胡适先生公开发表引起社会关注的作品作为新诗诞生的标志），而百年轮回之际，人们尝试新诗各种创作手法的热情似乎又一次空前高涨。

关于诗歌，如今人们常常说到的一个关键词是“回暖”或“升温”。笔者认为，这个关键词表达了人们对当下诗歌基于共同感受基础之上的一种判定，也有种种现象可以证实人们的这种判定。

其实，新诗文体形式的发展，从来没有停滞，也从来没有脱离它所处的时代。同时，不只是新诗，当代旧体诗词的写作人数及作品数量同样达到了成倍的增长，旧体诗词的采风、研讨、吟诵等活动也是此起彼伏、层出不穷。

多向性和丰富性得到空前呈现

我们看到，社会在进步，思想在演进，人们在改变那种很长一段时间以来形成的对于诗歌的成见，能够重新以一种客观、冷静、正常的眼光去看待诗歌和诗人了。越来越多的人，在以诗歌为载体，非常便捷地交流感情，传递智慧，散发温馨，乐享生活。在诗歌面前，人们似乎打破了年龄、职业、地域等种种限制，实现了平等并超越于尘俗。当身有残疾的余秀华的系列诗歌刺激读者神经，引发社会兴奋时，今天的读者能够迅即感受到余秀华诗歌的优长，感动着她的感动；同时，读者中的大量有识之士也能够清晰地看到余秀华诗歌的不足和欠缺。余秀华的底层女性身份、弱势群体形象和颇具刺痛感的表达方式，与之前的梨花体、羊羔体等写作风格之间，也自然形成一种客观意义上的对峙姿势。余秀华的写作不过是当今诗歌的一种倾向和路径罢了，在她之外可能还有张秀华王秀华等，当今诗坛的多向性和丰富性得到了空前的呈现，这恐怕也是今后很长时期内诗歌发展的一种常态。

诗歌与新媒体关系愈加亲密

我们看到，诗歌与新媒体的关系从来没有像今天这样亲密。如果说 10 年前网络诗歌海量涌现时，不少人发出“网络媒体的勃兴挽救了诗歌”之类的断言不无道理的话，那么，今天的微信传播平台，让诗歌进一步活得更加自由、自在和舒适了。诗歌的短小、快捷等文体优势，遭遇到微信平台，可谓如鱼得水。“为你读诗”这样的微信诗歌传播品牌，就在这样的媒体语境下应运而生并一举成功。一些传统纸质诗歌媒体，也不得不调整策略，增加新媒体传播渠道。而且，技术因素不一定仅仅只是外部力量，有时候它会内化为激发灵感和思想的内在元素。当我们使用电脑和手机写作与传播诗歌时，往往不仅仅是时效上的便捷，而是连思维方式似乎也一股脑儿更新了，给人带来一种为从前笔墨写作时代所没有的体验与收获。这真是一件很奇妙的事情！

还有，电脑与手机的结合、联动，让诗歌呈现了崭新的景观和前所未有的生机活力。中国诗歌网一开始就拥有电脑端、手机端、APP 三个端口，随后又申请开设了微信公众号传播平台，最大限度地实现了全方位的立体多向传播。中国诗歌网以建设“诗歌高地、诗人家园”为宗旨，以繁荣诗歌创作，发现和培养青年诗人，引领网络诗歌发展方向为己任，开设了“每日好诗”“名家新作”“诗脸谱”“访谈”等面向诗人当下创作的栏目，选稿上采取了与网络媒体相适应的不同于传统诗歌媒体的方式，一时响应者众、参与者众，产生了明显的互动和激励效应。中国诗歌网的问世，结束了多年来没有官方诗歌网站的历史。目前，经过一年多的运营，中国诗歌网的注册用户开始向 10 万人冲刺，比创刊近 60 年的传统诗歌刊物的自然订户不知多出了多少倍。网站每天的来稿量也比最大纸质诗刊的每日来稿量多出了许多倍。

政府重视加快诗歌回暖

从上世纪 90 年代诗歌影响式微，到前些年的梨花体、羊羔体，诗歌常常遭人诟病，许多诗人似乎已不愿意公开承认自己的诗人身份。羊羔体遭媒体热炒的时候，许多人甚至连诗歌文本读都没有读过，就想当然地认为羊羔体完全是不好的、负面的、应该否定的东西。殊不知，一旦接触羊羔体作者车延高的诗歌文本，平心而论其中不少诗作还是颇具诗意、内涵和境界的。直至 2015 年年初余秀华现象出现，人们也依然认为诗歌并没有真正从普遍意义上进入公众视野和公共空间，因为公众关注的主要还不是诗歌本身，而是诗歌背后的事件。而现在看来，情况有了很大的变化。诗歌作为美好的东西开始为越来越多的人追逐热爱，诗人身份的自豪感也日益显现。

综上所述，当下诗歌回暖升温的氛围我们不难感受到，其原因也不难找出：有科技发展和新媒体的因素，有诗歌和诗人自身的因素，有社会大环境的因素，有人心变化的因素。有人对新媒体与诗歌发展的关系看得很重，认为技术革命因素对今日诗歌回暖起了决定性作用。对此笔者不敢苟同。我认为技术力量仍然是一种外部因素，最重要的应该是社会环境和人心变化所致。尤其值得欣喜和令诗歌界振奋的，是各级政府对诗歌文化的高度重视，这对当下诗歌气候的回暖起了非常重要的作用，对诗歌的复兴与再度辉煌也将起到巨大的推动和促进作用。

诗歌的回暖升温虽然是好事，但也有一些需要诗人和诗歌界警觉和注意的事情。一是戒“躁”趋“静”。当下诗歌很活跃、很热闹，也很混乱无序，诗人必须做到静心凝神，方有可能写出境界悠远、感染力强的好作品。二是编辑要做好“把关人”角色，最大程度地发现和推出好诗，最大程度地减少关系稿和平庸之作。三是批评家应增强责任意识，重建批评秩序和诗歌标准。四是从传播角度思考，该如何有效抗拒网络化对优秀诗歌的覆盖和淹没问题。五是对五花八门的诗歌活动、诗歌评奖的管理和规范。

（原载 2016 年 11 月 10 日《人民日报·海外版》）

苹 果

一 树

那些全副武装的刺猬显然不是
她理想中的邻居。
此前，苹果姑娘写下这样的遗言：
果核留给儿子
果皮留给女儿
果肉留给丈夫
果香留给情人。
现在，她突然反悔了——
当她觅见那个干净的果盘儿，便想
静静地烂在上面。

（选自《诗刊》2016年8月号下半月刊）

含 笑

二月蓝

我闭上双眼也可以看见你的欢颜
你总是这样，擦干泪水时
手势也那么欢乐
你用蜜蜂
细微而带甜的声音告诉我——
有一种痛苦，可以称为幸福
当你这样讲的时候
无数的人刚好翻开这本诗集
他们和文字，都在亮出
暗自含笑

（选自诗集《我的确有万紫千红》，重庆出版社 2016 年 7 月）

爱 情

七丫头

像燕子，一把横穿古今的钥匙
开启过多少男男女女
情感的大门

像蚱蜢，一被幸福逮住
就不停地猛点头；像长颈鹿
吃云层的飘飘然
俯下身来就颇感不便

像蚊子，不是你吸我，就是我吸你
不顾距离的巴掌；像比目鱼
为了片面地看问题
干脆把眼睛长在一边

像蜘蛛，它的上层建筑里
总有许多疏忽者的躯壳；像狼
东郭先生很多
赵简子却没有几个

像骆驼，对火焰山漠不关心
驮来一批又一批文物
后面紧紧跟着飞蛾；像刺猬

不团结是个人主义，是滑头
团结了，又成对头

（选自2016年8月11日中国诗歌网）

风中居住

丁不三

作为一个懂得西风的人
她的高枝，向水而生
她看穿花朵的圈套
和蝴蝶自己欺骗自己的过程

这种描述很难自圆其说
面对生活，破绽百出
如同一枚钉在天空的铁钉
难以拔出，又让一切都不牢固

她把自己挂在自己的心里
没有给世间留下任何线索
她早晨打水、夜晚沐衣
对我们保持着一颗干净的心

（选自《惠州文艺》2016年第1期）

今夜以后（外一首）

人　邻

今夜以后，每个晚上，
我都要去摸摸
小女儿的脸。
不道晚安，
就是去摸摸她的脸。

入夜了，盖着被子，
她的小脸，依旧冰凉。
我摸摸她的脸，
用我努力温暖的手。

今夜以后，每个晚上，
我都要去摸摸小女儿的脸。
似乎她，
随时都会消失。

我不说什么，
她也不说。
心里想了些什么，
我们谁也不说。

无用之人

我无用，于这尘世，一无所用。
我肩上有老母妻女，兄弟子侄，我得努力。
我安于劳动，不畏汗水。
我尽力清洁，不畏溪水寒冷。
衣衫寻常，饭食可以白菜、土豆，
可以大粒粗盐腌渍的咸菜为至上的滋味。

我无用，于这尘世，真的，一无所用。
我亦不能持戒入寺，为众生祈祷，
种菜、砍柴、扫地、担水。
不能坐卧草席，凌晨三点即起，
冬天的炉火边，打坐、读经，
在草纸上抄录默念天意的文字。

我真的无用，只能以无用报偿。
以无用感激，感激我这一无所有，
一无所用的，神依旧允许我无用地来到尘世。

（以上二首选自《芳草》2016年第6期）

生态心音

刁家乐

此刻，我仰望观音山
天上那座寺庙长在莲花丛中
朝霞中的圣殿，闪动温暖的爱

行进山道，有佛手和绿叶簇拥
慈悲为怀，功德无量
无言之美滋养万物灵性

青草野花，蝴蝶鸟鸣
樟木头镇笔架山郁郁葱葱
岁月之河在天地间蜿蜒流淌

那一刻，我听到大音希声
满天繁星的人间，烟雨蒙蒙
宁静自然之手，拨亮心头的灯

（选自《诗林》2016年第5期）

南溪

大解

南溪太急，何事如此匆忙？
万世已去，退场者仍在还乡的路上。
往兮？归兮？
我记得人间，有一个荒凉的大海，
比死还要恒久，因为汇集深流而永不平静。

（选自《诗刊》2016 年 7 月号上半月刊）

守时的女人

大连点点

上午九点，她起床
洗脸，梳头，把昨晚的梦
再做一遍
十点，她在抽屉里
轻易地找出一九九一年的书信
她的笔迹娟秀，他的笔迹粗犷
他们有表达之美
十一点到十二点，春阳透窗
她给窗台上的草莓浇水
绿茁红肥
但她波澜不惊
十三点，她去楼下晒衣服
夹克是老公的，校服是女儿的
两件风衣，一件黑一件白
她将挤在一起的皱褶，反反复复地
扯平

（选自《诗东北》2016 年夏季卷）

面对南山

大原飘风

南窗以南是南山
松、柳、大叶杨、小灌木
还有坡上的苞米
泅渡着它们的困惑
秋色也正翻着泛黄的诺言
涌上时光的表面

能听到风，在树梢和苞米叶子间
呼叫，看不见的手
都想把岁月的块垒卸下一部分
唯有山根下的蒿草，还是以
自己的方式卑微着
在夕阳来临之前
听天由命

南山，需要一个期限
需要一个圆满的理由
进入白霜的腹部，尤其是那些
根下的细节，因为村庄的热爱
已经丝丝入扣

我早都想好了

把那些删掉浮华的筋骨
藏在离阳光最近的窗前
让高过俗语的触摸
连同数不清的芦花，与我
简约的内心，并肩而立

这个时候，一只鸟一闪而过
南山，就空了

（选自《关东诗人》2016年夏季号）

作　品

凡　羊

早上起来，细雨绵绵
张老汉喝了两碗稀饭
潦草地填饱肚子
然后，从苗地里取足菜苗
担进田里，前几天平整的土地
被雨水淋得皱巴巴的
恰到好处的湿度
正是他想要的墒情

挖窝，捋根，栽苗，压土
老人小心翼翼地将工序做到完美
好像这一生只为这桩农事活着

傍晚，当我深情地读完
一位近八十岁老人的作品
眼里噙满了泪花

（选自《四川文学》2016年第8期）

涂　错

之　道

我把写错的句子
用墨笔涂黑
一笔一笔地涂，直到
黑得看不清原来写的什么
而对于人生的污点
我会用修改液涂白，白到
似乎什么都没有发生过

（选自《青海湖》2016年第8期）

雪从山上跑下来

小　景

成群的雪从山上跑下来，黑熊躲在树洞酣睡
河流披着冰甲，潜入荒野深处，不闻，也不问
冻僵的树枝动弹不得，无法指路，也
拦不住
它们一路狂奔，跳进湖里，湖水变冷，变硬
它们想洗去藏在身体里的俗世，却
进入了，另一个俗世

（选自《北斗》诗刊 2016 年第 1 期）

孤独书

马万里

行走至此
我已找不到更确切的词语
来描述这场意外
和身体里露出的闪电

早已过了呼风唤雨的年纪
总是低潮
总是竹篮打水
总是漏洞百出

好些时候我都是空的
旁若无人的空
没有自己的空
意念恍惚 神情黯淡

一封一封写着长信
收件人不明
地址不详

一团火焰
让口信翻山越岭
我不知道还有什么事物

将我填充得如此完满？

（选自《北京文学》2016年第5期）

诗中有流光枯荣的声音

马启代

天空的体温正在下降。我看到了热量隐退的影子
石头要把暖缩回内心
人把梦撤回梦里

蓝愈来愈高，让人心酸的那种蓝，跑满了棉花
菊花的额头一点不烫
枕头上山河津凉

——美总是猝不及防，在最柔弱的时节击中我
诗中有流光枯荣的声音
适合我收获和仓储

（选自《山东诗人》2016 冬季卷）

白加啤

马晓康

从第一个太阳出现开始喝，
直到看见第二个。
我不喜欢麻药，却被迫咽下
未上瘾的人最难过
还好，酒精，赐我一些知觉
让我看清了，天空如何被涂抹
被撕咬，让血液变成蓝色。
黑夜被揭开的时刻，忧郁症患者
都将痊愈……

（选自《诗刊》2016年6月号下半月刊）

桃花姐姐

马淑琴

我只有一个姐姐
她的乳名儿叫桃花儿
母亲在世的时候
总说姐姐比我漂亮
头发很黑，睫毛很长
粉红的小脸儿，无论哭笑
都是一朵桃花儿

一个桃花盛开的季节
一场病魔施法的
“桃花劫”，用灼人的温度
把姐姐烧成了一朵
无药可救的桃花儿
留在了盛开的三月

姐姐只活了两岁
姐姐永远两岁
埋她的地方
父亲种下一棵桃树
种下一世的痛

岁月把姐姐变成了花海

变成春天迷醉的景物
漫山遍野
我不知道哪一株是你
繁花一树
我不知道哪一朵是你
就把所有的桃花儿
都当成你，我的姐姐

如今，我老了
姐姐依然年轻
在无边的花海中
寻觅你的容颜
打捞你的笑靥
抚摸你含春的粉脸
拭去你长长的睫毛上
那一串晶莹的泪

（选自2016年4月4日《中国艺术报》）

人世安详（外一首）

马新朝

晨钟响过
远处的塔身现出初春的形状

窗外，梧桐树清新、明亮
它是一个刚刚洗浴过的身穿婚服的新人
每个叶子都在笑，每一个细枝上
微颤着薄薄的音乐；经五路上卖早点的人
喂养着树上的鸟鸣

我心安静
我要给远方那些正在等待着的不安
给黄土那边村庄那边的亲人们发个微信
告诉他们：人世安详

尊　严

从苦艾的茎杆，经过细枝，爬上了一片叶子
一只蚜虫用了一生的时间

现在，它死了，把自己
葬在一小片透明的黏液中

蚜虫从死亡那边，关闭了大平原的广袤
以及那里无尽的黄昏，无尽的生殖

平原上的光和影在收缩，平坦在收缩
并从蚜虫细小的身体内缓慢地退出

它的细腿却是弯曲着的。在这细微的世界里
也许这种弯曲的姿势，是仅有的尊严

（选自《人民文学》2016年第10期）

祥和的春天

马慧聪

这是一个多么祥和的春天
树枝比去年更妩媚
石头更圆滑
夜晚与黑暗渐行渐远之后
植物的亡灵像雨水一样
从私密之地，聚拢而来
而动物的亡灵被少女们珍藏在体内
红色的长发是它们的四肢
白色的脸是尾巴
马路依旧被一些人占据着
我只能将夏天的马和老虎
放逐在空白的纸上

（选自《诗刊》2016 年 1 月号上半月刊）

冬某日

马端刚

影子在纸上跳跃，鸟鸣清晰
从开始到结束，坚硬的，柔软的
年复一年，减少的水分，质量
增加的苦痛，白发，像沉默的磁场
翻箱倒柜找出的文字束手无策
雪破窗而入，融化，跌落
一地碎片，安静地发光
一次次地照亮人间的灵魂和粮食
身体的石头开始说话
声音回到黯淡的房间

（选自《北方文学》2016 年第 8 期）

骤雨初至

飞蚂蚁

独坐。困于内心的幽闭
也困于幽闭之内的空
骤雨初至，裹挟着远处的雷声
撇动了园子里的沉寂

往事如烟。一息尚存的记忆
浮于冬青树弥漫的芬芳
因为荒芜而只能任由自己迷醉
苦涩的气息，潮湿清凉

破败的瓦屋，苔痕上阶绿
草色遮掩了来去的路径
漫长的雨季恍若连绵的白日梦
让虚幻的光阴兀自青枝绿叶

然后老去。做梦的人止于梦境
那无力点燃的激情的雨水
终于被风带走，任困于内心的人
面对困住内心的空。独坐

（选自《镜像》诗刊 2016 年 10 月号）

田园颂

王　妃

缤纷的色块，错落的层次
站到高处，俯瞰到的田园之美
在阳光下显得有些眩目、有些虚幻
所有生长着的，或者深深埋藏在地下的
因为过于渺小而羞于表达
它们似乎与高处的一切，都谨慎地保持着距离

“有块地多好啊，只要肯干
随便撒下点种子，总能收点什么上来”
我父亲念叨的，是祖祖辈辈遗留的经验
这朴素的农民哲学，曾让我在城里的生活
一边走向高处，一边充满迷失和怀疑

当我冒着寒风，站到墓地前
我看见父亲躺着的地方，左边是荒地
右边也是荒地
但荒地里长满了紫云英
这些野草蓬勃的气息，同样是田园
赐予我们的心安

（选自《诗刊》2016年4月号）

与兔书

王　晖

西伯利亚寒流来了
兔子裹了裹身上的棉袄
抱着一株秋草在风中睡着了
可恨的铁锅就要抓捕它

深夜，从五层楼的高处
我投下测锤一样的心
我哽咽的心无处安放
兔子，就交给你吧

这是最小的旅行
只带着心就可以了
这是秘密的穿越
荡在命途的危崖中

我的心，土豆那么大
你的心，蚕豆那么大
它们注定要相遇
兔子，踮起脚尖，接住我

我要降落兔掌上
你的掌心没有复杂的命运线

在没有前途的地方我们执手
在失重后的死而复生里我们相看

（选自2016年11月21日《伊犁晚报》）

逆　行（外一首）

王　键

夕阳有时候比朝霞更加
清晰有力，它们倾斜着身子
自西向东地流淌，似一江的春水
小区的道路与空间被
裹上了一层温暖的色调

这个时候，我和十岁的儿子在小区里
玩骑脚踏车
儿子弓着腰，吃力地朝西行驶
他逆着光，在夕阳中吭哧、使劲地蹬踏
像一个逆流而上的人
在光里拼命朝前游啊 游

他只是想在太阳收拢最后一道光之前
多骑两圈

往光的深处。

天堂有多远

一只手掌
从里到外　不过
二十厘米的距离

一只蚂蚁
要走出这紧握着的拳头
却要用尽它
一生的气力

从马路的这边
到马路的那边
相距不到二十米
这二十米有时会耗尽
一个人一生的光阴

从耶路撒冷的城门
到圣殿，中间
隔着大祭司冰冷的律法
还隔着凯撒大帝的千军万马
耶稣却只用了一个清晨

而从耶路撒冷的审判台
到各各他山顶[1]
只有几里的路程
则耗尽了耶稣三十三年的　人生

但在山顶的那一天下午
我们看见了天堂，因为
耶稣被举起的高度
刚好跟天堂的高度　一致

注：各各他系耶稣受难被钉十字架的地方。

（以上二首选自《汉诗》2016年第3期）

五台山之夜（外一首）

王万里

夜是属于草木昆虫的
除了星月
不属于任何人
请别狂妄肆意
哪怕怀有满腔的虔诚
路，要让给仙人

连山泉都静了下来
所有的欢乐、悲愤与不平
都要在唧唧的虫鸣中消隐
请静听，木鱼鼓的敲打声

山谷的夜
是庄严而神圣的
乘着夜色，请点一把香火
双膝跪地，找一颗纯真的初心

（选自 2016 年 3 月 17 日《鄂尔多斯日报》）

阿爸的马奶酒

走进草原，就闻到了酒香

天空、大地和一匹枣红马的灵气
深藏在老阿爸的酒囊

这酒有蒙古人的浓烈
这酒有原始牧村的清香
这酒有甘迪尔敖包的梵音
这酒有袅袅炊烟的绵长……

朋友，请举起这一杯大海
和一棵青草对饮
和一缕清风同醉
和满天的星星碰杯……

朋友，请举起这一樽银碗
血液就是奔流草原的小河
骨骼就是那座大山的走向
你和我，都在同一个杯子里

（选自《草原》2016 年第 2 期）

乡　居

王文军

住得越久，越迷恋，
这样的晨昏——
寂静、饱满
可以没有奢望，没有梦想
没有赞美，也没有神

一切都是安宁的
有时仰头望一望
空荡荡的天空，便会填满我的孤独和愉悦
身边那些会说话的花草
有着与我一样的爱
树影里的鸟，叫声充满挑衅
我选择了放过

更多的时候，我喜欢
在杂草掩埋的小路上慢行
并以一棵草的名义
亲吻土地，向风鞠躬
和擦身而过的牛羊对话
告诉它们：我内心里疯长的敬意

（选自《诗潮》2016年第9期）

三点眉

王国平

梦里十只鸟儿在鸣唱
窗外一条大江在指间流淌
诗酒版图万顷山河
也不及你的眉梢眼角

亲，假如一定要让我言说
那就把耳朵交给琴弦吧
把唇齿交给颤音后的沉默吧
而把斑驳而喧闹的命运
交给身后的风、柳枝与流水

但我宁愿在你面前
怀抱巨大的幸福
傻傻地坐着且一言不发

（选自《绿风》2016年第4期）

伤春诗（外一首）

王浩洪

我浪费了这个春天
浪费了立春、雨水、惊蛰和花落
浪费了鸟鸣、风柔、叶绿
藏起或没有藏起的歌
我把一小片蓝天装进了瓶子
把大片的阳光留给了鸟雀
我仍然在用你不明白的痛，写一些
无用的泪水，作为向神祈祷的白鸽
昨天我下得地来，在 18 路公共汽车
把座位让给了一棵老树，让小草
牵扯了胸襟，说天空的辽阔
我在木板房子里孤立，吸入
钢铁排泄的分贝，听注入鸡血的音乐
春天就要从我的手中流走，叶吐过芽了
花已经开过，我没有说出的话不必再说
一会儿，桃子就会跳出来，跳出春天
结绯红的果。我的桃子在哪里呢
我还得去写一些无用的泪水
开一些无用的花，结无用的果

（选自《文学高地》2016 年冬之卷）

无眠之夜

客居在别人的城市
夜也不是黑的
白天，我只跟电梯里的小孩说过一句汉语
夜晚，我把心上的痛倒出，电脑沉默
走过很远的路，翻过了群山和日月
依然空垂着两手
我知道雪已经过去，霜正在到来
冷和热都不能持久
昨天我背一棵桃树下山
今天得挖一方土栽种
我害怕桃树在手里开出枣花
我害怕湖风浩瀚，吹皱了骨头
劳动节的夜晚
挖掘机仍在楼下通宵达旦
铁做的机器需要浇油
铁做的机器容易误读
我知道等待得太久
桃树在手里会开枣花
我知道铁机器虽然坚硬
也挖不开没有

（选自《长江丛刊》2016年8月号上旬刊》）

我一直在确认自己

王祥康

面对手中薄薄的身份证
常常会愣上三五秒钟
姓名　籍贯　出生年月
我怀疑证明我存在的符号
一只鸟叫了又叫也没有树枝反应

沿着西装的皱褶走进城市
过时的布料裹住似曾相识的躯体
骨头缝中仿佛有三两只蚂蚁
惊慌失措地找家
抓不着的痒时时折腾我

现在我就躲在某个角落
摸遍全身　摸出的是一阵阵的紧张
那位拾荒的老妇人
用目光一再翻检我　微风中
这具躯体莫名地摇晃

我一直在确认着自己
风中望着远方的人　与我相似
但不是同一个人
我到底在等待谁的出现

无处逃遁的影子让内心更加空缺
霓虹灯点亮这座城市时
有一只鸟从我头顶匆匆掠过

（选自《福建文学》2016年第4期）

普陀山上的香樟树

王明远

在普陀山，去普济寺
我没想到会遇见那些高高大大的香樟树

台风　雷电　海浪　岩土
300 年 700 年
她没有日月的雕琢，年轮的威严

枝桠直插向蓝天白云　坦然自在
在通往菩提的路上
她，静静地等待着
祈求的目光　朝圣的脚步

站在她身旁
我不愿再离开半步

她无拘无束打开臂膀拥抱蓝天的样子
告诉我，她
不仅打开了身心　打开了自己
也打开了向她祈求庇护遮荫的那双眼

（选自《诗林》2016 年第 3 期）

我不是一个干净的人

王海云

我知道，我的一生
都将与泥土相依为命
可我却一直在试图逃离它们
我曾为这个世界，写下许多干净的诗歌
可时光告诉我，濯洗过的心灵也会蒙尘

我不是一个干净的人
一直对生活小心翼翼，满怀虔诚和感恩
我需要用一生的时间来说服黑夜的轻和薄
才能让光明的事物提前到达

许多时候，我整夜整夜地流浪
一天接一天地放纵自己，疏远生活
我挥霍着愈来愈暗的春光
像秋蝉一样一层一层被时间剥蚀

其实我一生都在岁月的边缘守望或等待
有许多痛，我一直未曾喊出
有许多恨，我一直放在心里
有许多黑，我从来都不敢靠近

（选自《诗探索·作品卷》2016年第1辑）

南正顶

天　界

众山之巅，谁如王者君临天下
太白星何在？朱雀玄武
苍龙白虎安守四方
一条神通的路，隐匿其中

是谁的眼睛？苍鹰叼走落日
紧随无边暮色远去
有什么正在丢失？大地是否为此而悲伤
八极以外，悄无声息

众山小啊，渺渺人间
道不尽风光。谁会轻易脱下金指环
世事如云，站在高处
回一次头，便似一次重生

（选自《中国诗人》2016年第4期）

苦难B版

车延高

苦难，是幸福蹲在一旁
看落井下石的人出手，把一根根针
扎进欲哭无泪的心
痛被忍着，藏着，掖着
最亲的人从你气喘吁吁的脚印里看见血滴
践踏冒充跋涉，踩出泥泞的路
瘦成羊肠，瘦得细若游丝
荒芜尽头，长出野野的苦菜
山穷水尽，苦难在半坡村做梦
醒来，白日依依
柳暗花明是抄在纸上的诗句
坐禅的人，耳朵累，两岸猿声啼不住
眼里尽是悲，沉舟侧畔草木枯
鬼没有牙，帮一堆钱推磨
婚介所板着脸，一个年轻的声音说
没车没房白进来
绝望这家伙超生了好几个孩子
不会哭，也不笑

（选自《四川文学》2016年3月号）

第三次

瓦　刀

一只火机三次打不着，我就丢弃它。
第一次，总在不经意之间。
当我的注意力锁定在第二次，
我会对一只火机的优劣进行辨认；
我会探明周围的风情；
为了打着它，我还会做出各种预设。
决定一只火机去留的是第三次。
也许是打开惊喜的第三次；
也许是打开沮丧的第三次；
这让人喜忧参半的第三次，最后一次
诱使一个拇指半信半疑地弯下腰身。
我在旁边。叼着烟；斜睨；屏住呼吸。

（选自《诗刊》2016年10月号下半月刊）

佛的眷顾

扎西才让

年轻人在公园的长椅上沉睡，
正午的太阳晒黑了他的脸膛。

佛祖：一个白须老人，
路过理想中的桑多镇，看到了想看到的。

年轻人被风的语言，花的语言，
和万物自然生发的语言，给唤醒了。

他看到身着金色长袍的老人，
在路边向他挥了挥手，又在风中走远了。

偏头微笑的鲜花，头颈相交的树枝，
守护公园的慵懒的神灵，都明白过来——

传说中的佛祖，已经眷顾过这里了！

（选自《黄河文学》2016年第7期）

忠　诚

午　声

提枪跨马，飞奔天涯
几番梦里上阵，西风卷黄沙

风吹过，雨淋过
孤独如许，夜晚星空之下

生命有形，花开无声
一川飞瀑，无数澄澈的眼睛

隆隆炮声，报告新的战绩
道道火光，映照不变的忠诚

（选自《前卫文学》2016 年第 6 期）

诗的庭院

牛　敏

让我建造一座诗的庭院
自然要筑在童年的山村
——尽管已凋敝得无人问津
移一些石头进来，做诗的根基
这是故乡最可靠的物体
硬实的字句聆听小河的清脆

选一些树木当作词汇来栽种
青翠杨柳、紫薇木槿蓝花楹
用来摇曳林荫道上的微风
诗句上信步，好听绰约的虫吟

林荫道的尽头就是房子了
我的诗要以它来命名
打开窗扉——
鸟语湛蓝，阳光青春

当然，院墙是不要的！
只筑一小截篱笆，瞻望乡愁
让松鼠、野兔、风信子们
自由出入，做我们的芳邻
闲暇时学习它们的简约、单纯

茶香几净
不要那些思想污染过的书本
摆上几只酒杯，与时光对饮
微醺中不觉月出东山
静悄悄，字里行间洒满月明

（选自《草原》2016年第1期）

她写下她的长夜

风　荷

她写下她的长夜
写下它腰间的铃铛喑哑
沐浴之后，水滴的花魂在额头的哭泣

她写下她的长夜
把自己从众多的身份中剥离出来
她是那老了的丘陵

她写下她的长夜
胸前的白鸽醒着，无法靠近大海

她写下她的长夜
归途就是歧路，黑暗就是废墟
焚烧就是毁灭

她和她的长夜一起死亡
在一丛幽暗的杜鹃花中间
风的小兽，跑来
绝望地细嗅她的黎明

（选自《星星》2016年第6期 上旬刊）

风的戏剧

从维熙

花瓣从枝头落了
死了花季的梦
不必去叩问花魂
那是徒劳
离开母体的残红
已然是个死婴

绚丽的风景不在了
不必去责怪花树
是戏子般
喜怒无常的沙尘风暴
吹落了无色花蕊
演奏出春天的断肠故事

霓裳坠落 香魂玉碎遍野
这是风暴与百花的历史
也许只有弱智
在秋天的收获季节
望眼欲穿地期待着果实

（选自《上海文学》2016 年第 8 期）

书 法

心 亦

真希望：
在撇、点、横、捺的旅途中，
总有一条清清的溪流，像绞丝旁
陪伴左右……当夜晚的蜜被慢慢耗尽
鸟语的飞白，
正在干净的宣纸上，悄悄落阵。

气沉丹田，儒雅地悬腕。
浓浓的墨，压过来，锁住了纸质的白天，
入木三分。潇洒的剑客，紧贴雪原上的微光：
穿行。

踮着脚的笔尖，用旋转的锋刃，
携带行书里的花蕊，
偷看狂草的芭蕾：突然苏醒。
千年的寿纸之上，黑白分明的
诗句：屏住呼吸，
一声不吭。

（选自2016年1月8日中国诗歌网“每日好诗”）

搬运（外一首）

方文竹

这些年他将一封旧信里的事物
一件一件地搬运出来——
古典的庭院　江南的流水
绿芽胚胎状态的语言
悲伤路口遗落的红丝带
天堂的雷鸣和人间的花骨朵
命运随机转换的工艺　划破红唇的器皿
温暖人心的狗窝

这些年青山依旧在　星斗成佳友
幸福的绿化带上
他却搬运着生活堆积如山的碎屑
用一把宽慰的筛子对付风雨

发信人的面容渐渐模糊
这些年他忙于以旧换新　不停地搬运
捕获期待已久的新的余数　然后
就在余数的小屋里定居
而时间一直光着身子
他却什么也看不见
旧信里的仓库渐渐被掏空
最后　自己搬运着自己

命运的棋局

二十年来
我在黄昏时宛溪河畔散步的伙伴
总会不缺那么几位
旧的人去了
新人补上来
时间　线路　步调不变
苍茫的暮色里
我望见高空总会有一颗新星将另一颗补上

这天上人间呵
总会虚位以待

世界安排得圆满　恒常　有序
我倒觉得遗憾
就像自己　正适合此刻
这些歪歪斜斜的脚步
像一盘命运的棋局

一阵晚风
将我们的影子吹乱

（以上二首选自《中国诗歌》2016年第7卷）

自白书

尹　马

我在乡村长大，信奉泥土和雨水
我去城市，在短途车票上眺望远方
我臣服母爱和婚姻的宗教
在高楼的屋顶上养育子女
我从一个孤独的少年，变成满脸胡茬的
大汉，称英雄，做大哥
在俗世悲欢中行乞
我起早贪黑，想甩掉身后尾随的影子
我乔装打扮，是为了躲避内心的隐忧
我辗转乌蒙，出滇入川
把父母留在乡间，抵押给家谱
把孩子输给急促的铃声
让妻子在紧身的裤脚里流浪
我指东打西，造山寨，结朋党
在看不见的风声里劫故乡的粮草
我终日在群山中流浪
斩岁月的鸡头，和一棵树喝血酒
我是我自己的假想敌、同谋者、圈套
我是我自己豢养的
一头禽兽

（选自《青年文学》2016年第1期）

你的背影

尹　坚

我想就这样，无需转身
就能记住你的背影
我不敢触摸你背影里
悄无声息的时光
以及藏在里面的忧伤

晚霞，把你的背影
剪成一幅画，挂在天边
起风了，经过的往事
忽远忽近，在暮色中消退
让广阔的空间有了充盈的底蕴

我想就这样记住你的背影
盛开的心花，被霜泪分享
我在光阴的背面看你
看得婆娑了眼睛
我会记住你的背影
就当你是高天上幻化的流云

（选自尹坚诗集《听说你在怀念我》，云南民族出版社 2016 年 1 月）

遇 见

石　心

时光，总是悄无声息
降临在深爱上
像细雨遇上微风 微风
拂过脸颊 夕阳西沉
彩霞满天 一切如斯
最要紧是遇见你
在青草坡 远方放慢脚步
周遭蛙声一片
静坐在时光里的人
卸下指针 卸下目的
也卸下 思念的重量

（选自石心诗集《遇见》，中国文联出版社 2016 年 10 月）

鸟鸣

东　篱

那时的孤独在于
除了读书，拾柴，割草，挑菜
就是满大街地疯跑
随后被骂为糟蹋粮食
这时，我会去油葫芦泊听鸟鸣
一浪一浪的芦苇
一浪一浪的鸟鸣
更加孤独时，我就带着捡养多日的小鸟
四处蹓跶
小鸟像忠诚的小狗一样，颠颠地跟着
像出生不久的小鸡一样，咕咕地叫着
后来，我几乎看不到鸟了
水泥路上飞行的
都是夹着翅膀做人的鸟人
更听不见什么鸟鸣
唯闻轰鸣
一切与鸟鸣无关的东西
都让我厌烦

（选自《诗刊》2016年2月号上半月刊）

回老家（外一首）

田　斌

每逢过节，都有点犯愁
回老家，要带多少东西
才能还清，七大姑八大姨的情

瞩望沿途的景物
有时竟不敢相信
一棵熟悉的草
一棵结满果实的树
都那么惹人怜爱
进村的狗叫
总是让人触景生情
那间熟悉的小屋
顿生的温暖像炊烟袅绕

穷亲戚们在等着你说话
外面的世界
你怎么说就怎么精彩
回老家，不是件轻松的事
那么多土鸡、土蛋、土特产
泥土一样的深情
你想装都装不下

（选自2016年1月13日《人民日报》）

暴雨来袭

聚拢暗合的乌云吞噬了太阳
风在前面开路
旷野上尘埃飞溅
眼看那势不可挡的暴雨
就要倾泻而下

闪电像是一记耳光
抽出了天空内心的呐喊
吓得鸟雀鱼虫了无踪迹

天空像扣下来的黑锅
倒煮着人间悲欢
那一阵比一阵急骤的雨
像一把把闪亮锋利的刀
在割大地的皮肤

房前盛开的那丛月季，红颜散尽
枝头空挂几滴清泪

（选自《清明》2016 年第 6 期）

父 亲

叶玉琳

这一次，父亲真的病了
医生告诉我
他的智商可能降为三岁孩童

很快，金黄的仓廪将蒙上灰
磨损的大地倒伏着朽腐的瓜秧

浅薄的池塘，旋落最后一缕夕阳
要想从它身上夺回
被吸干的光华
是多么奢侈

我，一个不争气的女儿
眼睁睁地看着母亲
从前交出了身体
现在交出愿望
变得一无所有

（选自《诗刊》2016年3月号上半月刊）

我真的很喜欢汉字

叶邦宇

时间在我的手头上很紧
很多时候我浮在光阴的面上
心中的石头也不能让我沉下去

我真的很喜欢汉字，喜欢它的巫术
它总是可以妙手回春
它的故事，有时像游戏，有时像祭祀

因此，我非常爱惜自己的想象——
除了它是仙境外，我身体的
其余部分，都落在凡间

（选自《天津诗人》2016 年冬之卷）

走着走着（外一首）

叶延滨

就那么像过去了的每一天
走着走着，走在身边的朋友
就变成呆立的树，随风摇动的草
变成不会说话的石头
哇地叫一声远飞的灰鸦
每少一个就让我停下步子
四处张望一下
四周依旧一切照常

还走吗？走啊，前面还有树
还有一大片一大片的草地
还有不说话的石头和飞行的鸦群
他们还会是我的朋友
他们会被我的脚步声唤醒
哪怕小是小了点
哪怕丑是丑了点

我放心地走着
因为影子忠实，跟着我
因为灵魂忠实，不弃我

（选自《星星》2016年2月号上旬刊）

延伸的命运

所有道路的宿命是伸延向远方
是去寻找另一个道路
而走在道路上的人把自己的祈祷
藏在下一个或者再下一个拐角

所有的树枝向着天空延伸
都是努力逃离扯住它们的那一茏树根
从树叶上落下的叶片像逃学的孩子
围聚在一起写检讨，树根慈祥如老师

所有的影子在城市的光雾中延伸
延伸而弥漫的影子丢失了自己
只有在梦里，影子才转身牵着那个人
回到那有花有草还有影子的故乡

（选自《扬子江诗刊》2016年4月号）

两个小力量

叶逢平

远处，她似乎被大海孤立
在渔网里挣脱。她胸前凸的部分
两堆细沙，似乎被沙滩搁置——

这不是什么意外？它像两只渔篓
又像两颗果实，紧紧抱住体内
生长的小力量

除了月光，和梦中的人
没有人见过她的隐私。渔村在大海怀抱
她的潮汐又可以安放

——风刮过，帮着她按住飞起的衣衫
沙滩躺着做梦，肚皮露出
半个月亮

（选自《山东文学》2016 年 8 月号下半月刊）

穿过你的身体

叶菊如

必须缓慢，必须热烈，必须温馨
再走一步，就是天涯了

必须成双，同时忘了人间
那只盘旋的鸟，替我们叫出一行雁影
而满庭栀子花，开得盛大而寂静

如果留下一个人
亲爱的，这是命中注定的事

尽管这样，也必须抬起头
用爱拦截住骨子里的悲伤

我们深入骨髓和死亡
如果抱紧后松开
那不过是生命归于沉寂时
泪水滂沱里，翅膀对翅膀的依恋

（选自《中国诗歌》2016年第6卷）

秘　密

凸　凹

有人告诉我
说邻县有一个跟我一模一样的人
体量、形状、血型、肺腑、腔调
无不一样
也许人家说的不是邻县
而是邻省、邻国，或者西半球
因为直到今天我也没遇到那个
跟我一模一样的人
即或这样，我相信那人
相信那人正秘密地活着，秘密地死去
我对那个跟我一模一样的人的相信
离得再远也不存在距离
我相信总有那么一个人
乃至很多人
跟我一模一样
甚至觉得，更多的时候
他住在我里，我住在他里
共享一副皮囊
吃酒、吐嗝、抒怀
密切往来，分着永夜的彼此

（选自《四川诗歌》2016年第6期）

经由波涛说出的（外一首）

冬　青

大海一再宽恕
坐在岸边　又起身就走的人
白云升自一道潮汐　演绎消逝和归来
海天一色之下　一切来去自由

每一朵浪花　都对大海深信不疑
它们不断举起倾斜的天空
那些自作主张的部分
任由沉向海底　像鱼一样游泳

海浪空弹光阴的旋律
多少音节突变
而大海故作镇定
它轻易守住了　完好如初的神话

潮起潮落的轮回　径直穿过人间
一年和千年之后的大海　没有什么不同

发现这个秘密时　惊涛不绝
万物各有其运　任谁也不能改变
像鱼一样游泳
穿梭在波浪的合拢处

看清楚用力奔赴的远方
既是天下的归隐之处
没有哪一束波澜　因由怜悯而擅自停下
它们的命运也是转瞬即逝

大海的内心　囚禁了太多的悲喜
一直汹涌着　伺机还给上天
经由波涛说出的　唯有弯曲和虚静
向善的言辞　从来都绕开必死

活　着

手术刀下有错误的肉 意志瞬间坍塌
深陷比刀俎更无常的变故 自己是自己的仇人
咬住嘴唇 不说出那些鲜为人知的悔
直到取走痛彻心扉的苦难和小刀

活着 灵魂和肉体惺惺相惜 彼此纠缠又彼此打断
它们都敬畏于一日三餐的埋头苦干
夜与夜合围 制成一只白昼的汉堡 夹着生活的全部
严肃的衰老 失修的面容 比想法更直面人生

岁月不知冷暖 也过于辽阔 让人不安
把死养在生里 手术室通往复活也引向诀别
我们与生死不仅仅是神交 还要一世往来
活着就是不拒绝与命运合作 沿途不撕毁良善之约

不逼伤口说出不幸的真相
将病痛和苦难留待死亡以后
把深不可测的死 当作纯洁的深渊

带着唐朝之心 回到时间的上阕 让爱重来

（以上二首选自 2016 年 11 月 10 日《文学报》）

清晨飞来一只花喜鹊

白　兰

你是第一个告诉我消息的人。来不及黎明的影子
退得再远一些——
来不及
万朵霜花落满梅花的枝头……

我能感受到你心里奔流的。像礼花急于告诉黑夜
有一种美丽叫绽放
那时白花花的光阴全打开了
你的真诚像一只鸽子
扑棱一下
飞进我心里。

那种暖意像阳光涌进了大海
火焰在遣返的路上不断遇见火柴……

多好啊。总有一种渴望超越沙漠
总有一朵桃花
遇见一阵春风
——清晨飞来一只花喜鹊
你的名字是今天最亮的……

（选自《诗歌风赏》2016年第3卷）

命薄如纸

乐　冰

和匆匆的人生相比
送葬的队伍是如此缓慢

无数的弱小者，在低低地哭
我必须忍住另一个悲伤的自己

当生命像一张纸被风吹走
天终于黑了下来

（选自《扬子江诗刊》2016 年第 2 期）

苦槐花（外一首）

代红杰

树上的槐花，一些是小鸟碰落的，
一些是风吹落的 ，更多的是
槐花自己落的。

走在槐树下的人，头发间不时落上槐花。
一朵槐花落在了一只蚂蚁身上，
蚂蚁背不动，就翻过身来，行走在槐花的上面。

自 己

我想跑到我的前面
我想回到我的后面
我想上升到我的上面
我想下降到我的下面

这样，我就能看清自己
按照自己的想法再造自己

我在人间走动，背负着
自己的碑文，可我看不见

（选自《诗刊》2016年9月号下半月刊）

喊 娘

宁 明

当我用乡音大声地喊娘的时候
她的耳朵一下子就不背了
娘不会使用手机接电话
却常把手机贴在耳边，一番自言自语后
脸上的皱纹就渐渐地舒展开了

娘的眼神儿时好时坏
她早已不能独立完成，一根线头
对一孔针鼻儿的准确寻找
却能从我小学毕业发黄的合影中
一眼指认出，那双最淘气的小眼睛

娘一生中，在母爱的田野上
精心栽培过五棵树苗
一棵先天夭折，两棵半途也被命运折断
剩下的两棵年已半百，虽然生活很艰难
但娘说，活着就好，活着就是娘的福气

娘越来越热衷于烧香磕头
年年许愿，年年还愿
我虽没问过，她啥时开始变得如此迷信
但作为从不向人低头的儿子

却又特别能够理解，并深深感激
娘向墙上那张黄灿灿的神像，用猪头和白馍
每每虔诚祈祷时的心理

明天又是母亲节了
我要给八十三岁的老娘打个电话
不祝她节日快乐，也不祝她万事如意
我只愿，不知母亲节为何物的娘啊
能再多几年听到，我大声喊娘的声音

（选自《满族文学》2016 年第 6 期）

信仰的权利

——致哈里森·索尔兹伯里

吉狄马加

我当然知道，你曾经说过，
中国工农红军的二万五千里长征，
是前所未闻的故事。
你也曾重复过埃德加·斯诺的话，
长征永远是人类历史上——
最激动人心的一次远征！
其实用不着你再去证明，
因为长征毫无疑问是二十世纪，
改变了世界进程，用血和生命谱写的壮举。
尽管这样，我对你那力求真实的书写，
始终抱有极大的钦佩和尊敬，
因为你是其中一位超越了偏见，
用另一种文字记录过长征的人。
但是，原谅我——
在这里我没有把长征说成是一个神话，
如果真的是那样——
那将是我们的浅薄和无知，
同样我们的内心也会感到不安。
是的，朋友，这不是神话和传说，
那是我们的父辈——
为了改变一个东方古老民族的命运，
所付出的最为英勇壮烈的牺牲。

他们中间的大多数人，
都没有看到那个动人心魄的未来，
直到今天我们也无法全部说出他们的名字。
八万六千名战士——
绝不是一个数字冰冷的统计，
潜入他们的血管，我们能听见，
每一条汹涌的河流穿越大地的声音，
他们的每一次心跳和呼吸，
都如同黎明时吹过群山和原野的风，
在最黑暗的年代，让号角吹出了火焰和曙光！
哈里森·索尔兹伯里——
正如你在书中记录的那样，
这次人类有文字记载以来的重大事件，
最终只有六千多人活了下来。
但是，但是，索尔兹伯里——
我相信你对这个事件做出的记录，
但你仍然没有回答一个最重要的问题，
那就是这一群不惜牺牲的男男女女，
是什么力量支撑他们走出了绝境，
又是何种精神，让他们相信明天还会来临。
可以肯定，他们优秀的品质不是天生的，
作为人他们都是普通的生命个体。
同样，需要我们回答的还有——
是谁，将这一群人铸造成了英雄，
成为了这片苦难的土地上自由的象征？
是的，面对这样一些问题——
我们必须回答，永远不能回避。
无论我们一次又一次地去追问，
逝去的岁月和沉默的时间，
无论我们是不是——

在今天这样一个喧嚣的世纪，
已经淡忘了民族记忆中最宝贵的东西，
我们都必须回答这个严肃的问题。
对于我们今天活着的每一个人，
回答这个问题，或许不是命令和要求，
但它却是对我们良心的拷问。
哈里森·索尔兹伯里——那我告诉你，
是磐石和钢铁一般的信仰，
才让我们的父辈创造了超越生命的奇迹。
否则，他们中的一些人，
就不会抛弃优越的生活和地位，
去献身一种并非乌托邦的崇高事业。
这个队伍的基础，穷苦的农民子弟，
也不可能被锤炼成坚定的战士。
对这样一段荡气回肠的故事，
我当然相信，也是作为一个诗人预言，
再过一百年，再过一千年，
它仍然会是一个民族集体的记忆。
到那时候我们的后人——
也一定会为他们的先辈肃然起敬。
如果在今天我们生活的时代，
还有什么可传承和值得自豪的权利，
那就是我们父辈留给我们的——
信仰的权利，而绝不会是其它。
难怪有一位幸存的女革命家这样说，
要是我们背弃了死难者的理想，
就是多活一天，也是一种罪过！

注：哈里森·索尔兹伯里（1908—1993），美国著名记者、作家，曾任美国文学艺术学会主席，全美作家协会主席。著有《列宁

格勒被困九百天》《长征——前所未闻的故事》等作品，闻名于世。

（选自 2016 年 10 月 22 日《人民日报》）

唐布拉

亚　楠

这玉玺的版图，在西域
苍茫暮色中沉浮。它的辽阔
被阳光加持
像一只鹰，自由飞翔
也把苦涩的灵魂托举。三叶草
或者花楸的火焰
燃烧……这金色秋天的
不眠之夜

对于众生，草原宽阔
有足够的雨露，天风鼓荡若神灵
打开它的蓝色宝瓶
穿梭于太阳圣殿。则库河
清亮的涛声
呼唤我，在青铜的辉光里栖息
若大唐行吟诗人

风光无限，也只是
读懂了风景。而三千里江山之外
我们又能够读懂什么？
时间汇聚的场景依稀可辨
在孟古特围猎场

竞技的号角此起彼伏
但我相信，岩石上的图腾
已被命运破解

炊烟已经升起
驯鹰人用古老的方式，豢养
他忠实的奴仆
而草原上空，山雀以欢乐透支
生命，和虚拟的旅程
也延续了古牧道
旖旎的胜景。繁花扑面，野骆驼的
眼里落满风尘

花开花落都是草原
寻常事……月有阴晴圆缺，太阳
每天照常升起
就像巴合提汗的羊群
他们早出晚归，年年如此
生活就是这样的——
在阿克塔斯牧场，鸡鸣狗吠
装满了安宁的日子

以及阿布热勒山
银冠闪耀。众神赐福的地方
吐曼河静静流淌
两岸的松林，白桦与山杨
都在岁月深处
汇聚闪电……而诗歌的芬芳
被圣泉照亮
在巴尔盖提寂静的夜晚

守望古老年轮
等待虎啸山林，宛如一声响雷把
古老的草原唤醒

山花摇曳……天边
这绵延的地平线，在唐布拉的
神话里滋养爱情
百灵鸟歌唱，云雀用草原情怀
接纳干净的灵魂
远眺阿冬萨拉散雪峰
思绪杳渺，仿佛进入时光隧道
追溯远古奥秘
啊！安德罗诺沃文明的火种照亮了
伊犁大草原，也把
青铜的光焰铸进这方水土

或者，在索孜木特萨依山谷聆听
松涛阵阵……喀什河
雄浑的交响曲
穿越时空。而草原用辽阔汇聚
万物，和悲悯之心
也看见了阿克塔斯宁静的
时光……山花一直朝前铺展
这色彩的潮汐奔涌
如阳光在花海中镌刻辉煌

所以，古墓群
湮没于时间里……就像破碎的陶片
传递人类遥远的信息
但毕竟消失了，无影无踪——

他们曾经生活过
在这片草原，辛勤劳作
尽享安宁和荣耀
……都消失了。安德罗诺沃文明
的曙光，湮没于时间里

但阿尔斯郎雄伟的
山峰见证了，繁华与凋敝
千古事，都在轮回更替中完成
山河依旧……只是
沧海桑田，他们已活在了岩画中
因此呀，悲欢离合
这人类朴素的情感终将
回到生命源头
也回到了骆驼石的呼吸和他
生生不息的草原

（选自 2016 年 8 月 10 日《人民日报》）

逼　视

老　井

这块脸盆大小的矸石
推开钢梁和钢丝防护网的支撑，窜下顶板
砸中了一颗忙碌的头颅
他猝然倒地

人们都已经抬着担架上井
只有我还留在这刚死过人的巷道里
死盯着那块肇事的矸石看
虽然它的浑身已经沾满别人的鲜血
但是目光依旧凶顽傲慢

我要等它流出眼泪才挪步
我要等它哭出声音才离开

（选自《诗潮》2016年4月号）

瓦　松

曲　近

这些离了水活不成的植物
却偏偏心比天高，命运悲苦
非要吃力地爬上屋顶
找一块瓦片坐下来，修身养性
它们洁身自好成癖
喜欢来自天空动感的雨水
感恩上苍的滋润眷顾
宁愿渴死也不肯返回大地

小伙伴们在看蚂蚁上树
我在看瓦松水灵灵的样子
它们迎风傲然于屋顶上
把一片瓦当成江山，呈现一种仙态神姿

雨天胖一阵子不减肥
干旱瘦一阵子不用补
风雨中变幻无常的身材
常常吸引一个少年的好奇

哦，故乡，屋顶上的瓦松
以向上的心态，端坐成佛

（选自《鸭绿江》2016年第5期）

棉 花

吕　历

世界正以花的形式打开
又以花的速度腐烂

从一口轻轻的呼吸中
走来一群青青的女子
漂过传说的大海，粲然一笑
我们的肌肤，便找到了温暖的依靠

只要有人对着自己的血
喊出一声爱，我们的姐妹
就会开成洁白的棉花

这个世界
没有谁像棉花一样
掏出自己的心
给予所有的冷漠
绽放同等的温暖

世界正以花的速度腐烂
又以花的形式打开

（选自《巴中文学》2016 年第 1 期）

孤　独

吕　游

多好的一个词，在我手里
写下它，像扶起手里的胎泥
这最初的瓷器，没有骨头
我需要抚摸，把体温给它
把我的血给它，包括我的心跳
这些火，让瓷开始发亮
那些隐约的图案开始清晰
就像我的孤独，开始显现

孤独在路上，就像这个瓷器
在火里行走，我们终归
在各自的路上抵达终点站
这个词，披着银光闪闪的釉身
我只交出粗糙的一面
像苦行僧披着破烂的僧袍

（选自《北京文学》2016年第1期）

送别余旭

乔林生

天空坠落的羽翼
在我眼前旋转
宛如上帝的快递，无人能读懂
但我知道为你送别
不需要语言，也不需要鲜花
所有的形式和过程
都会加剧你伤口的疼痛
因为你炫舞云端
因为你的秀发拂过彩虹
我只祈祷你的离去，仅仅是一次远行
你还会回来，再次起飞
你还会轻盈，灿若明星
相信所有爱你的人
都企盼死而复生成为一种可能

如同你的羽翼撞碎一地
这个无雪的冬天大雪降临
我想，哀乐就别要了
你肯定不喜欢那种悲泣的气氛
挽联也可以免去
白纸黑字哪能概括你的一生
衣服倒是应该穿厚一些

爹妈会担心宝贝女儿上路时冷

有人说你将以另一种方式存在
凤凰涅槃，浴火重生
但我认为，至少现在
我们没有理由不恨那片天空
只是你的了断太过突然
不容我们思考哪怕一分钟
只是你的人生太过短促，
来不及添加更多内容……
其实就是一次降落
不让你延伸航线的完美、完整
不让你对爱人轻轻耳语
不让你对战友抖开笑容
不让你在阳光装饰的天空
哪怕再做一次漂亮的穿越
不让你在思念堆积的云层
托举只有成功没有失败的沉重

魂断蓝天，蓝天可知
魂归何处，岂能拷问
理想的行走依旧在天上
一旦走失便回不去故乡
那就让我唱一首家乡的民歌
与你告别，为你送行——
山挡不住云彩，树挡不住风
神仙啊挡不住挡不住人想人……

（选自2016年11月18日中国军网）

边城小镇

向　薇

小得只有一排吊脚楼、一条江
几条木篷船
摆渡人摇一下桨
日子随即荡漾

小得像一声鸟鸣，落进水里不溅水花
像一滴露，没有任何心思

小得只剩下
你，和我

只剩下两颗安静的心
在依偎
在颤抖

（选自《微光》诗刊 2016 年总第 11 期）

一个人的生日

向天笑

晚上，突然停电的小区像一片废墟
我一个人就坐在这样的废墟顶上
看见黑暗的毛发一丝丝闪亮
慢慢度过自己五十岁的生日
没有烛光、蛋糕，没有电话、短信

房内的黑暗像丝绸围巾披挂我的脖子上
柔软、冰凉，如同肌肤般滑嫩
窗外的黑暗像巨大的鸟巢
此刻，多想长出一对翅膀
自由驰骋，去自己想去的地方

我不知道我父亲是什么时候进来的
就坐在我旁边的沙发上，默默无言
静静看着我抽烟，一支接一支地
他一句话也不说，目光里转动着怜爱

（选自《诗选刊》2016年第2期）

火中取梅

向以鲜

虽然一直野性地
生长于古老的南美洲
但被人类看见的历史
被人类播迁的历史
只有两百五十年

来到南中国的时间更短
异乡就是故乡啊
充满东方情调的焰火
用三角形的阳光与爱情
叠映出仙山琼阁

只要一想到你
我就会热血沸腾，就会
像一只勇敢的猴子
用灵性，用顿悟的诗句
从火红中摘取一枝

插在北方的镜子里
插在幸福的大雪里

（选自《诗刊》2016年6月号下半月刊）

我的河流里有无数不安

华万里

鸟声即将涨起来
我的河流里有无数不安
中午稍稍过后
云朵坠落下来，试图
盖住怒涛的愤懑

我不明白这些水在生谁的气？谁又
惹恼了这长长的奔流
是鸟？是鱼？或是
过多的闪电涉水而过？太激动的雷霆
不该在桥中心炸响
狗，更不应该
站在岸上，过早地对着启明星狂吠

我有些失悔，暗自
抱怨：为什么
要强迫山下的一条泥泞小径把我带来这里
这里既没有
悠久的记忆，也没有美好的沉默
除了一幅
险象环生的风景，再难发现：鱼鳃破晓
水藻曼舞，我爱的方式

风平浪静

鸟声已经涨起，一种漩涡状的不安
移至脖颈，我怎能
抱怨自己的河流
怎能指责
另一个我，在这里充满疑问和惊恐
唉！我难道，仅仅于
不知不觉间
卡在了落日的锁孔

（选自诗集《石榴马》，四川文艺出版社 2016 年 9 月）

泥　泞

任海青

最后一场雪落到田野
三月的田野
含着不驯服的水滴
燕子没飞回冻僵的北方

这湿漉漉的土地
黑冰在下面缓缓松动
就算它知道一切
也决不肯放弃固执和顽冥

父亲，你同土地一样苍老了
你有你的庄园
盛长胡须、牙齿和手指
酒坛从不深埋
杖划出栅栏
我的母亲毕生胆小如鼠

已是冬尽了
到处都是泥泞
我不想学母亲赤脚走路的样子
可也深陷于此
比泥土蛮横

在我说出一句诅咒之前
父亲，请教会我
如何接纳这无休止的
古老的敌意

（选自 2016 年 9 月 13 日《鸭绿江晚报》）

布　鞋

舟　歌

布鞋
是一种船
载着我
渡过了童年

我想起妈妈
在一个寒冷的夜晚
把一双崭新的布鞋
交给我
十只冻得鲜红的小鸟
飞进了
温暖的家

饥荒的年代
谁个乡下的孩子
没有穿过
他妈妈用破碎的旧布
精心制作的布鞋呢
密密的线缝里
浸透了妈妈的艰辛

现在想起来

布鞋
其实真像一种花
悄悄地
从我的脚下凋谢
结出了
一种
名叫乡情的果子

（选自《绿风》诗刊 2016 年第 5 期）

捷　径

朵拉图

亲爱的　你不在罗马
但通向你的大道有无数条
亲爱的　我看见
那些大道宽广明亮
选择任何一条路
任何一种抵达
都能见到你　在未来
我还可以穿着华丽的高跟鞋
盘一个漂亮的发髻

可是　亲爱的
等你的时间
一天　就是一个世纪
我宁愿选择一条捷径
一条崎岖险峻的山路
奔向你　一夜披荆斩棘
只为比太阳更早一些看见你

（选自《火花》诗刊 2016 年 3 月号）

宿　命

米绿意

抬头看在夜色的烘衬下
更显洁净的玉兰
才发现下起了零星的雨，

像命运如影随形。
它是一个判断：你永远不会爱上
做什么都对的人
而是愿意陪你犯错的人。

因为你不能摆脱
只有让你痛苦才能给你快乐
这个宿命。
——好比，接受了黑暗
才能让夜空给你更多安慰。

（选自《诗潮》2016年9月号）

换肤色

安 琪

这个人
在镜中换了一种肤色就以为换了一个人

这个人在镜中换了一种肤色
事实是她被诱发出善变的老毛病
她又在变了

在白百合看到她的瞬间　往事浮起
面孔模糊的物们依次排列案上
纠结啊纠结
此在是灰色的
而镜中的幻象常新

而呜咽之声常新——
这个活在远方的女人坐在寂静的最后一刻

（选自 2016 年 9 月 9 日《贵州民族报》）

孤愤书

汤养宗

允许：心事浩茫，与菩萨聊天，转世，一错再错
不允许：偏安一隅，老是找不到床，不合身，憋屈
允许写下半篇文章便吐血而死
不允许看见日出便自认是赢家
允许：死在你手里，石沉江底，一笔勾销
不允许：一个人有三十六块国土，却死无葬身之地

（选自《中国诗歌》2016 年第 3 卷）

和　解

冰　风

我想与一只受伤的麻雀和解
因为少年的顽皮
曾击中它靠近人类的友善

我想与一只折翅的蝴蝶和解
因为青春的躁动
曾扑灭它与花共舞的浪漫

我想与一棵桃树和解
因为无知的贪婪
曾折断它开满芬芳的春天

岁月如风
我突发一个个如此强烈的心愿
想与我曾经伤害过的
所有卑微、弱小、无助的生命
统统和解，乞求原谅

（选自《草原》2016年第2期）

一瓶白酒

冰　峰

二十年前的朋友
与我喝酒
一瓶二锅头，两碟小菜
酒过三巡
我们开始谈起过去的事情
翻开了过去的老账
随着酒精的发作
我们居然吵了起来

第二天
朋友打来电话
说，昨天喝多了
我说，喝多了
接下来
我们就不知道
该说什么了

后来
我们就再也没有通过电话

（选自《诗刊》2016年5月号上半月刊）

生　铁

许　仲

一块铁制造了厂址　收件人
以及这个小镇的地理位置
制造了结伴走过　长途客车　春运
长途电话　短信　和泪水

钝角的铁　允许它挂在时光的发货单上
作一次生活的沉重
允许它粗糙　次品　存货
允许一个老板在会议上骂出一个人的名字
并且声音尖锐　点击率高　影响一个人的生活质量
二月里　三月里　从铁加工车间望出去
多少人啊　走了又回来　回来再走
他们一手遮阳　一手扯着
高于右膝的孩儿

谁的心有铁那么软
在我面前　说化就化了
一想起小村庄　想起它的黄昏
就想起这里的事业如此漫长
想起故乡犁田的铁
就想起村头那个离家的孩子
打工多年了　还舍不得走

一望再望　那些站在别离中
让春天瞬间塌陷的亲人

（选自《草堂》2016年7月号）

柴火味

刘　冲

煮豆燃豆萁
是乡村天天都在重复的事
我说的只是现象
别跟我讲什么隐喻

雪白的馒头
丰满于热腾腾的蒸汽
灶膛中的熊熊火焰
也许正缘自金黄的麦秸

燃得快的稻草更有耐性
等候冰冷的水和矜持的米
在咕咕咕的情话中
慢慢融合得如胶似漆

取自农作物的柴禾
将乡村味道熬得香气四溢
身居都市的我
只能从缕缕炊烟品尝柴火味

（选自2016年1月24日《重庆晚报》）

远　方

刘　康

我习惯把一切视线以外的距离
都称之为远方

远方有火
这让我意识到自己是人类
远方有灯
这让我在暗无星月的夜里能看见自己
远方有船
我才可以安心让灵魂摆渡过河

不远的远方
还有一匹白马
驮着荆棘花的种子
所到之处即是净土

如果我死在远方
不管你是否认识我
都请不要悲伤
那必然是我一生
最圆满的归宿

（选自《淮风》2016 年 7 月号）

马蹄声声

刘西英

说远很远
就像古代和现代
远在一百多年前
远在欧洲西部，大洋彼岸
几匹野马
踏坏了一片土地
一个春天，一个家园

说近很近
就像冬天和春天
近在东海南海
近在海峡两岸
也许三年左右
也许十年之间
这一次
会有多少人放马过来
尚难预料
但我想，这一次
也许他们都到不了圆明园

（选自《延河》2016年第3期）

弹一曲高山流水

刘成渝

爬上岸的石头，挤满宽阔的河滩
落日如巢，水鸟鸣叫的翅膀渐次而入
黄昏降临，大地苍茫。每一块石头
都装有一条自己的河流，它们
近在咫尺，又似天涯。拣石头的人
三三两两，寻寻觅觅，在霞光铺就的琴弦上
弹奏着高山流水。我不知道
是谁用带香的墨，把我画在河滩上
沿河行走。沧桑已随水远去，爬上河岸的石头
圆润，通透。人拣着石头，石头拣着人
落霞里，他们互相拽着对方，时而
仰天大笑，时而泪流满面
苍穹之下，河水无边地流。

（选自《诗刊》2016 年 3 月号上半月刊）

一只蚂蚁走在路上

刘克祥

一只蚂蚁走在路上
没有人知道它要干什么

它从一根狗尾巴草的根部
走过，从小草的叶尖上爬过
每天就这样绕来绕去

挖一个坑，凿一个洞
就是营造自己的家
没有人知道它的叹息
它也来不及叹息

它害怕风的推推搡搡
害怕一场无法预知的雨
它知道，在天黑以前
它必须要背着粮食回家
这就是现实，这就是生活

一只蚂蚁走在路上
多么像一个人漂泊的命运

（选自《海子诗刊》创刊号，2016年）

贴身的温度

刘素珍

黄金山上的茅草遭遇大风来袭
他们没有理由不抱团取暖
残酷的风，还是将他们打倒在地

这半山坡上，金黄的一片茅草
像天赐的温床
在阳光下，一根根茅草一根根闪亮

他们抖落身上厚重的雾霾
敞亮出久违的笑容
披上太阳投下的金丝围巾

一根茅草把另一根茅草搂在怀里
一根茅草恨不能燃烧自己
给另一根茅草以贴身的温度

（选自《长江文艺》2016年第8期）

栀子花开

刘高贵

已有好多年
我都不敢大声赞美她们的洁白
那透明的花朵
收藏了太多的芳香和隐喻
只是时令不到　口令也不对
我一直都无法把它们
解放出来

后来　大概是领受了神的暗示
我终于找到了解读山风的要诀
剩下的情节非常简单
只需一声惊雷 几句山歌
所有的花蕾就会在一夜之间
全部打开

山唱一声 啊呀来
水应一声 啊呀来
花朵们满脸娇羞只顾香只顾笑
就是不答为谁开

不说归不说　但我已明白
那小朵的是妹妹　大朵的是姐姐

至于被摘走或凋落的
不是妈妈就是奶奶

其实　我也是其中的一分子
只不过既不是花蕾也不是花瓣
义无反顾地站在她们身后
我啊　只是一片小小的青叶

（选自《奔流》2016年第10期）

敬亭山

阮文生

鸟儿也算孔雀么
的确往东南飞去
一批又一批
天空不够了
正好黄山的余脉
在宣州突起

我用口哨加入鸟鸣
还用心情和车笛
去赶那片孤云
可惜足力不足，只好
和大家在花圃里闲话诗意

推开窗子
嫩叶铺天盖地
雨滴和这个早晨
全都有了鹅黄的记忆
玉真公主，难道
还在讲究道家的规矩

李白的吟唱
如一滴春雨万种风情

四行诗千古不衰
传播着敬亭山天下美名

（选自 2016 年 5 月 20 日《安徽日报》）

我是谁

如　风

想起吐尔根想起四月杏花的时候
雪，正在下

雪花的白和杏花的白
在汗腾格里，都是寻常
春风起处
羊群在绿色的天空啃草
云朵在蓝色的海洋游泳
也是寻常

与这辽阔人间相遇
其实你不必问——
我是谁

（选自《文学港》2016年第8期）

春天的阳光多么美好

孙　梧

只有河水知道，结冰的痛
它在田地醒来之前，祈祷大雪来临
雪没有下，撒肥的人去了城里
说着说着，阳光就开始心软起来
开始洒在枯枝上，洒在土地上
河水开始解冻，哦，这些碧绿的水波
它在我的肩上，里面有二条挣扎的小鱼
它融进干涸的土地里
发出咕咕的声音
阳光飘过来，山风吹过来
桃树慢慢地发芽、开花
我还能说些什么
我还能如果些什么
只有风，不停地把汗水吹干
只有庄稼，一直围绕村庄
桃花一开，家雀就会自由飞翔
我就会顺着阳光让白发慢慢生长

（选自《星星》诗刊 2016 年 5 月号上旬刊）

杀爸爸过年

孙成龙

腊月十八
二狗子的尸体
从工地运回
亲人们手忙脚乱
给他剃光头
修胡须
刮体毛
洗身子
……
他的双眼
一直没有闭上
它们
正透过门缝
看着他三岁的儿子
哇哇大哭
我不吃肉了
我不要杀爸爸过年

（选自《诗潮》2016 年第 9 期）

火焰

孙启放

当燃烧顺从材质
火焰，便顺从了精神。

云的语言、风的语言、丛林的语言
一一写出来，落在纸上
让一只游走在外的孤鸟
继续神秘

而火焰可以抽走温暖。如同
真理可以蜕变成谬误
肩头上一袭披风便是火焰
披风由红趋黑
你可曾见，黑色的燃烧？

那只鸟依然游走在外
看云舒卷成莲花，风平和成慵倦
看过火的丛林，一夜间狂飙大作
把残躯连同愤怒
吹向天空！

燃烧可以静止，火焰却不会止息
需要一只坚强的耳朵

才能保存住，与生俱来的狂想
你可曾见
鸟的双目积满神秘的泪水？

当月亮倾泻幸福，窗帘
落下一声叹息
我们怀揣一只鸟的鸣叫，坐进
火焰的怀抱

（选自《绿风》2016年第2期）

寺

孙怀田

一棵松，是一座塔寺
一枚松果，是一只木鱼
一只松鼠在敲：梆，梆，梆
佛不在寺院，在松林里
夕阳是熟透的因果，也是
一枚舍利，大山早已修好暗道，和地宫
夜色漫上来，鸟雀有短暂的迷失，随后便放下了自己
我也找到了，布衣种菜、浇水的幽径

（选自《诗刊》2016年11月号下半月刊）

不敢轻易喊出它们的名字

孙国福

这个是香豌豆，那个是红指甲儿
这个叫打碗碗，那个叫米口袋
还有咱家前院狗娃，他也是花儿

在乡下，母亲给那些不知名的野花
都起了一个小名儿
就好像拴柱、留柱、铁柱一样
哪个都舍不得，离不开，放不下

现在，我不敢轻易喊出它们的名字
怕它们像亲人一样
喊着，喊着，就离开了

（选自《山花》2016 年第 5 期）

一米阳光的幸福

严　薇

幸福与阳光
不过只有一米的距离
我从春天的晨光里走出来
又从冬日的暮色里走进去
仿佛走进走不出的暮光之城

你说一路上你都在丢失东西
白天丢失了月亮，夜晚丢失了太阳
雨水骤停，你想从洪流中捞出太阳

太阳曾种下一株幼苗，承诺给你一米阳光
任你在土地上开花，和石头缝里的小草分享
和仰头的向日葵分享，和山高水长分享

春天来了，来吧
把这开过花的灵魂连根拔起
这灵魂分享过种子发芽的温暖
分享过小草日渐干渴的呐喊
分享过一米阳光之外陌生的声音

你说，不过一米阳光的温暖
落到尘埃里，比雨水还要低

我说，只需环绕在身边的那一米
彼此一米，足以安放和述说一生

（选自《绿风》2016年第6期）

我不再爱你

杨　荟

冷漠
是烈焰烧焦的结果
颓废　是一滴水
从泥土到枝叶的苦累

风在吹
估计已毁灭睡醒的玫瑰
枯萎　只是精神沉睡

在刀锋上游走
已经开始惧怕红色
就如榫椁从身体穿过

所以
趁黎明之前还能来得及
应该告诉你
我已经　不能再爱你

（选自《诗潮》2016 年 7 月号）

外星人

杨 渡

尽管他打扮了一番
看上去很正常
我还是一眼认了出来

他理了一个三七分的发型
穿着一身像是人穿的西装
打着一条像是人打的领带
脚上一双像是人穿的锃亮皮鞋
连脸都弄成了一张平凡的人脸

他像人一样从超市中走出
像人一样提着一袋东西
像人一样跨上伪装成自行车的飞碟
像人一样骑走了
我追了上去
但在拐角处
消失了他，以及
那辆自行车

（选自 2016 年 6 月 1 日《人民日报》）

百草坪，秋望

杨　斌

缓慢的山坡上，羊茅草、知风草、火绒草……
在秋风吹送下，由高往低，走向枯黄

一群羊，游牧在山野远方，鲜亮的阳光从云端洒下来
野菊花在它们身旁，泛着这个季节最奢华的光芒

在这样的时刻，我需要一些空旷，来应对一些莫名的畅想
但总有吃饱的羊，三三两两卧成一堆一堆石头的模样

最终没能看清的是山贵叔，用长长的声调喊回走远的头羊时
那只兔子灰色的身影，是怎样从视野里消失的

（选自《星星》诗刊 2016 年 5 期上旬刊）

剩余的时间

杨　锦

没有你的空间
很大
大得只能听到我自己的呼吸

没有你的空间
很小
小得无法容纳一件心事

夜
赶在太阳升起前
轮回

回忆
总在梦醒之前，不紧不慢地
关上，思念的大门……

（选自2016年3月16日中国诗歌网“每日好诗”）

看上去让人向往

杨戈平

让每天飘着细雨
让每天木芙蓉大朵大朵地挤满路旁

让山泉水如玉般流淌
日子照样简单
让井沿上长满青苔
陶罐、捶衣棒及狗尾草陪伴
让井中的美好天空
一半是水红，一半是洁白
另有一半红白共荣
让山野与崎岖
换来永远的宁静

像狗吠时找到了应有的快乐
他们平凡的劳作
牲畜一样繁衍
犁铧与土地结盟
让深山中的他们寂静中不会寂寞

（选自《扬子江》诗刊 2016 年第 2 期）

和父亲拉手（外一首）

杨志学

在我童年的时候
父亲常带我出门，拉着我的手
想起自己当年的顽皮
我就觉得好笑——
为了缠着父亲买一个陆战棋
我竟会有意走丢
无奈的父亲啊，手里拿着
买好的陆战棋，焦急地把我守候

当父亲进入老年
他老人家像是返老还童
这时，我拉着他的手，往前走
我怎能料到啊，走着走着
父亲会突然走丢
而无论我买来什么
慈爱的老父亲啊，
再也不能和我聚首……

（选自《上海文学》2016 年第 11 期）

骑马进入朱仙镇

时间的风，空间的云
我要骑马进入朱仙镇

走路太慢，免不了饥渴劳顿
飞机太快，又无法把目标靠近
汽车过于喧闹，乘船离不开水道
仔细思忖，骑马进入最契合我的身心

骑马可以让我纵横驰骋
骑马可以让我自由地穿梭
骑马可以让我零距离感受这片土地
骑马可以让我无间隙地走进古人的生活

从刀耕火种的小村，到朱亥的聚仙名镇
文明的演进在这里留下了清晰的脉络
从春秋时期的征讨，到南宋岳家军朱仙大捷
一场场战火，淬炼着朱仙镇英勇不屈的性格

如今硝烟远逝，人间祥和
我骑马来到这里，缱绻逗留
古代的战马，早不知去了何处
我的马儿亲吻着泥土，怎么也爱不够

时间的风，空间的云
看我骑马进入朱仙镇，品读千古名镇的神韵

（选自 2016 年 1 月 27 日《人民日报》）

再写小麦

杨泽远

不知有多少文人写过小麦
（我也写过）
今天我想再写写小麦，面对
小麦和我的父老乡亲

小麦，是世界上最多的庄稼
是粮食中的鹤立鸡群
小麦如金，小麦是农民和地球的宠儿

不知你仔细看过没有
小麦的籽粒，多像人类的衍生之源
她的存在，使人间
不知增添了多少故事多少新闻

热爱小麦吧，热爱小麦就是
热爱农业农民和大地母亲
你看，小麦的形象
已自豪地走入了我们庄严的国徽

（选自《时代》杂志2016年第1期）

动物开始发言（外一首）

李　成

总想从水里捞月亮的不是我们猴子
而是你们
你们在等待一只兔子
却错过了时光和收成
狐狸可能仗着一头老虎
占据一小片山林
而你们呢　却一占就是一片国土
还有一个宫廷
乌鸦叫就说晦气
又说它是反哺的“慈乌”
——可笑 矛盾
鳄鱼的眼泪是假的
世上没有几个人的眼泪是真
蛇褪尽了闪电
幸亏没有完全放弃毒液
就藏在仇恨的牙根
朝三暮四　朝四暮三
你们就会玩这点小聪明
多次重复别人的话语
却怒斥鹦鹉的一次反讽
你们总是把自己的过失
推到我们身上

只有少数几个承认自己愚蠢
杀鸡取卵　煮鹤焚琴
在漫长的年月你们都听从
一只公鸡的号令
“狼来啦！狼来啦！”
在你们这里　真理
是在第三次呼唤声中来临
至于老天眨眼大地摇腿
其前兆你们至今还懵懂
而一尾鱼也称得上是“卡珊德拉”
孔雀开屏　那是唯美
你们只看见它露出私处
几千年了　人类的思想还这么贫乏
因为你们一直不过是喜欢捉几只流萤
照亮短短的一行文字
倒是谢谢你们没有把我们杀尽
那是因为暂时还需要我们同行
可我们还真不想
与你们同处于同一片天空
是的是的　敬谢不敏！

雨景

一滴滴的雨水赶来
一滴在把一滴追赶
一滴没有落下
一滴就已赶上

落下　赶上　前赴后继
仿佛就为了传达一句话：

打开门吧　打开门吧
万物花开　万物生长

前赴后继赶上　落下
万物为什么要在雨中发傻
石子儿瑟缩着　树木耷拉枝桠
土坷垃正在变成泥浆

滴答　滴答
只有一只鸟儿飞出来
拍动淋湿的翅膀
“呱哇”一声　划破青苍

却不知飞向何方
整个庞大的夜晚
都开始在——
一颗小小的雨珠儿里摇晃！

（选自《上海文学》2016年第2期）

火的记忆（外一首）

李　瑛

火——
一个多么强大威武
又辉煌又壮丽又圣洁的大词
照耀上帝也照耀魔鬼

从我们认识石头就认识它
从我们认识木头就认识它
认识它才知道
黑夜的黑，严寒的冷
距我们生活和真理最近的火

还记得山河浴血的岁月么
在生与死的搏斗中
遍地腾飞烟雾下
奔跑着噼噼啪啪的野火
我们在冰河边点燃柴堆
烘暖通红的脸、麻木的脚
烤热冻硬的干粮和水壶
熊熊烈焰像艳丽的花朵
暗夜行军中，多么渴盼
一户人家，半窗灯火
如摇梦的盈盈的眼睛

乃至长途奔袭的山路上
战马蹄下飞迸的火花
都是一个民族
翻飞的旗帜或滚烫的血

静下来，请静下来
听它讲述胜利和敌人的死亡
直到拂晓

把它腾飞的翅膀谱进战歌吧
把它跳动的心脏写进颂诗吧

对祖国，对母亲
为什么至今我总是时时忆起它
像从灰烬下拨出通红的火炭
只因在它的跳跃和飘动中
看见了生命，看见了美
看见了在生命和美之上的
明天和自由

信仰的力量

——抗日战争中一个真实的故事

一个女共产党员被捕了
一个即将分娩的母亲
一个圣洁坚贞的年轻的生命
拖着沉重的铁镣
哗啦啦、哗啦啦地
昂着头走进牢房里

没几天生下一个婴儿
嘹亮的啼声震颤四壁
她撕下仅有的烂衫
包住他拥进怀里
一个加一个追求自由的生命
闪烁在漆黑的大地

她没有乳汁停止他的哭声
只能轻轻地摇着，拍着，吻着
这个瘦弱的小小的身体

敌人进来，带着半瓶奶
把奶嘴塞进婴儿嘴里
突然，像爆炸的雷
猛见她双眼怒睁，奋力一击
将奶瓶打碎一地
然后，一掠头发，咬破手臂
让血流进婴儿的嘴里
一滴，一滴……

（以上二首选自2016年7月13日《人民日报》）

静与远的地方

李　琦

静与远的地方
特别宜于陷入思想
茫茫的，久久的，无边无际
你忽然看见了脑海里
某一片地方

这“想”的力量如此强大
它舒缓地降临，让你了悟
呈现在眼前的空旷与寥廓
包裹在“想”的云絮里
不过是一方角落，一个碎片

（选自《读诗》2016 年第 2 期）

在凤城听古琴（外一首）

李　皓

琴声响起的时候
一万只凤凰飞了起来
琴声未落
而我已经离开

凤凰落在高高的凤凰山上
我落在低于一滴细雨的
流水里，流啊流啊
我就流成了弦外之音

凤凰飞起飞落
凤凰山就响了起来
不管是《忘机曲》还是《广陵散》
在凤城，我都有数不清的知音

至于从《忘机曲》里飞出的鸥鹭
我必须把它带回大海
这是我此行的唯一目的
它的心，被一支古曲淋湿过

听着听着，我就老了
像一个手指纤细的古人，比一滴雨

还要单薄，比飞翔的凤凰轻盈
没有人，能够说出我的秘密

醉时光

让愁绪回到我的五脏六腑
让酒回到粮食本身
让我从北方带来的大海
在涪江里
隐身

我不知道，我还要隐藏多久
那些令我浑身酥软的情绪
在射洪，在子昂故里
在沱牌舍得酒业
已窖藏千年

与谁相约，我才能找到
一滴酒里无限的悲怆
与谁擦肩，我方能在一粒酒糟里
游刃有余，而你
便是酒曲了

我向茫然的先人吐露一次真言
我决意舍弃这中年的秘密
他四顾无人的时候，我看见了你
他哭泣的时候我哑然失笑
除了你，我们都在酒的后面

千杯之后，一个顶天立地的人

走向了金华山的读书台
而患得患失的我
正在用一杯掺了水的假酒
与一群自命不凡的人推杯换盏

子昂哦，告诉我谁更虚伪
我得到的是一杯比酒还浓的水
却舍掉了一个比水还要寡淡的江湖
这是一滴水在竹枝上埋下的伏笔
而三滴水的烟云早已千里万里

（以上二首选自《满族文学》2016年第5期）

您好，汤姆先生

李小麦

必须藏好正在盛放的这十万亩玫瑰园
多好啊！假如能像一匹任性的小母马
一头撞进你的怀里撒野！
多好啊！假如还能吊在你的脖颈上
仔细地数一数你浓密的眉毛！
我文质彬彬，我举止有度
——多像一个淑女啊！
他们说得没错，我就是一个野姑娘！
怀揣十万只惊慌不已的小鹿
故作镇定地问候：您好，汤姆先生！

（选自《飞天》2016年第3期）

四月雪

李云迪

四月间的一场雪的降落
使我想起了不合时宜
这粘乎乎不合时宜的雪
像一个守着矮子，说短话的人
他的身影，让我怎么看，也看不出
他海拔的高度一样

我在这场雪中
迷失了时令，这些匆忙现身的雪
让我想到世间，一些不知轻重的人
他们的轻浮和自恋
多像这场雪，那么容易被人遗忘
那么容易被风吹散
它们留在地的，是一摊水
最后什么都没留下

这场雪，像冬天在挣扎
冷酷的心灵里
残存的一丝丝些许的温柔
像改变现实的一种愿望
更像飘洒下的悲壮
如同我生活的圈里

那些被我伤害过的人
他们的笑脸一次次地浮现
又一次次地消失

（选自《岁月》2016 年第 10 期）

过玛曲草原

李少君

草原，是世界上最洁净的一个庭院
清风每天打扫
云雨随时洗刷

草原，是世界上最广阔的一个庭院
格桑花铺展成花滩
流水随意蔓延成道路

草原，是世界上最安心的一个庭院
牛羊善良，低头吃草
猎犬来回跑动着看护

草原，是世界上最神奇的一个庭院
人们在星光下默默念经
孩子在晨曦里怎么爬也爬不出自己的家园

（选自《诗刊》2016年4月号上半月刊）

灵魂的事业

李龙炳

世界勉强可以发表春天的散文
夏天的诗歌却必须重写：从洋葱中剥出闪电
让我们共同的朋友泪流满面

已经走到了一面公共的镜子前
她扔下家庭主妇手中的一千把剪刀
高声和我谈着阳台上小小的黑暗

精神的三角形要支撑天空的四个方向
使力量突然集中在生死问题上
秋天抬着园艺师，抢救着几片落叶

那些已经隐居的，一节一节的藕
在污泥中拜菩萨。远方有人正在把耳朵拉长
听见葡萄爆炸，甜的东西开始尖锐

飞向童年的打谷场，是麻雀的灵魂
再生的月亮，正在参加星星的选举
再作一次人类，我已经没有兴趣

（选自《牡丹》2016年第5期）

永远的曼德拉

李东海

曼德拉，一个黑人的名字
一个把黑夜点亮的名字
一个把黑夜走到尽头的名字

纳尔逊·曼德拉
一个用二十七年的牢狱
把南非的天空洗亮的名字
把南非的天空刷洗成了大海的海蓝
把仇恨的火焰
用温润的宽容，燃烧成了和平与爱的灯塔

黑人曼德拉
站在开普敦的岸边对所有的人说：
没有人能拥有暴力的特权
白人没有，黑人也没有！

黑人曼德拉
温和的双眼里闪烁着一颗坚如磐石的心灵
没有什么风暴
能动摇他那勇往直前的信念

永远的曼德拉

从南非黑人的一个部族
走进了世界黑人的内心
又从约翰内斯堡的一条大道上
走进了世界人民热爱的心扉
用一颗南非宝石一样坚强的心力
走进了二十一世纪永恒的历史

父亲般慈祥的曼德拉
英雄一样刚强的曼德拉
让多少人不能忘怀的曼德拉……

（选自《诗选刊》2016年第4期）

父亲是一株葵花

李易农

站在偌大的田地里
父亲就像一株专注于太阳的
葵花

他把草帽盖在一株禾苗上
如同为他生病的儿子盖上棉被
他把一串汗珠洒向禾苗
这些水分，怎能掰开禾苗紧闭的
眼眸？

他把手掌的颤抖送给禾苗
仿佛要作最后的温存
他把眼泪的苦涩噙在嘴里
只有这样，才可以减轻他心里的
疼痛

然后，他把脸高高仰起
远远望去，就像一枚黑褐色的葵花盘
向着毒烈的太阳，默默
哀悼

（选自《上海诗人》2016 年第 3 期）

永不言败的村庄

李定新

村口的小河绿水长流
袅袅炊烟冲破层层封锁
如同旗帜以固有的姿势
从屋顶升起
眼看稻田被践踏成荒丘
一把把锋利的镰刀
依旧执拗地守护着季节

最后一只老水牛牵走了
绳子还系牢在记忆的犁轭上
一颗颗年轻的心被掳走
一颗颗更年轻的心在呵护中
沿着乡情的脐带茁壮成长

南瓜粥没了一声声呼唤还在
知青屋没了一张张脸孔还在
草鞋没了一点点足迹还在
油碾没了一片片油茶林还在
年味没了一块块腊肉还在
节日没了节气还在
农事踩着丰收的大鼓
还在支撑一个民族的脊梁

如果你相信
村庄在城里安置了它的内线
只要有一片雪花
一个个熟悉或不熟悉的身影
就会接到旨意一样回到村庄

时间挥舞着利器席卷而来
终将只能打败
一个村庄虚妄的光芒

（选自《中国诗歌》2016年第4卷）

明月出深山

李尚朝

近日云重，天空不易打碎
皎皎明月，出自深山，我已蒙昧多日
就让我多看你一眼

不把酒，不流泪
不牵肠挂肚，不空说拯救
暂时放弃睡眠
明月出深山，最干净的还有这个时刻，这个夜晚
春风不度，凭此祛寒

（选自《诗选刊》2016 年第 2 期）

在蚊香制造厂

李建华

我的朋友说，除了蚊香
他们厂还生产贡香
在没有包装之前
两种香，在生产线上
排列得那样整齐
看起来，一模一样

两种香，用的是两种原料
但如果搞错了包装，人们就会
用贡香熏蚊子，而用蚊香拜佛
也就是说，由于人的失误
蚊子与佛的待遇
很有可能，一模一样

（选自2016年3月18日《诗人文摘》“一首好诗”）

省 略

李建军

乡村省略到只有清瘦的池塘、
肥胖的油菜花和焦虑的炊烟
省略到只有忧伤的蛙鸣、
沉思的油灯和痛苦的羊群
像一头省略了四只脚的老牛
只剩下坚强的头颅和眼睛
城市省略到一条空虚的街道、
一座冰冷的大厦和一群返乡的面孔
省略到一座荒芜的公园、
一丛疯长的野草和一条流浪的狗
像一个省略了光线的太阳
忽然被风吹落一地的泪光
企业省略到一把榔头、一堆废铁
和一间堆满灰尘的空房
省略到一堵墙、一扇门
和一把锈迹斑斑的铁锁
即使省略成一枚漆黑的钉子
也挺直脊梁，指引着光明的方向
一个人省略到一头白发、一双眼睛
和一颗含满桃花的心脏
省略到一腔热血、一股豪气
和一身连接海洋的力量

从省略中，我找到另一种省略
像在寒冬里发现了春天的翅膀

（选自《海外文摘》2016年第6期）

蓬莱之歌

李建春

临行前，以一滴墨
作钓饵抛向春空
你希望钓到目的地
钓到福禄寿像山芋
抱回家放在锅里煮

山雀，黄鹂，鸫子
皆以嫩叶为食
鹭鸶伸长喙缝补
波纹的空缺。蛹在茧内
忙手机信号，让人边走
边啄磨声音的咬痕

有人上天采钻石，入地
采又黑又酽的石油
有人上班嗑瓜子，嗑出
去年屋后开的竹花
有人去广场放风筝
牵出一个小孩从地底下

于是香气飘到五里外
全村人都聚拢了，咂嘴

感叹父辈无此口福
有生之年吐出幻想
我们看见蓬莱的云了

（选自《青春》2016年第4期）

夜半醒来

李轻松

烟花又起，旧符依然
故乡在对联里鲜活、枯萎
鸡对鸭讲：那不再祭祀的祖先
那纸人纸马的哀怨
那无法过河的船只好返身
如今都有了自己的身世
渡人必得先渡己——
风对牛讲：那不再质朴的河山
琉璃之瓦的月影
消失于山间的走兽
烟魂伏在某个节气里隐约在哭
鸭蛋青似的黎明无法破晓
雄鸡叫了三遍。第一遍露水盛情
第二遍万物孕育
第三遍鬼影遁形
月落了西天，我只剩下败柳吹笛
花鸟齐喑。我试图在回忆中自救
一层窗纸终被捅破
一些乱世的红颜，经声中的木鱼
都把俗世遗弃了三回
而我在巨大的喧嚣声中
再一次醒来，仿佛看见更惨白的脸

更幽深的月亮，浮现出霜迹……

（选自《诗刊》2016年7月号上半月刊）

生的两面

李寂荡

望城坡市场路口，小贩的三轮车装满水果
小贩的吆喝声从傍晚开始　不绝于耳
天黑尽了，叫卖声并未被黑暗吞噬
黑夜不是城管，并不能迫使他收摊
这让我深深明白
生的坚忍，生的艰辛

夜半时，市场、街道杳无人迹
世界露出了虚无的一面
这一面正被灯光苍白地照耀着
汽车停止了奔突
高楼暂时停止了生长
世人进入了梦乡　甜蜜的或不甜蜜的
想来那叫卖的小贩也是如此
我醒着　如躺针毡
此时，我深深地明白
生的苦痛　生的不堪

（选自《清明》2016 年第 4 期）

圆 规

芦 苇

我只能在你规定的地点
跑呀跑
始终跑不出你的界线
也跑不近你核心的位置

我们的距离总是等距离
时间总是等时间
我想放弃
圆心让我不断努力
我围绕你疯转
这即是圆规定理

哪一天我收拢我的脚，与你并列
我要挨着你紧紧地挨着你
再也不出来奔波

除非，我的心围着你
画圆，一圈又一圈
把你甜蜜地缠住和包围

（选自《当代诗歌》2016 年第 6 期）

秋　分

苏　省

人世之光日益倾斜，好在
今日尚且公正——
你赠我一半白
我有黑，与你等分

多事之秋，无非取获
辽阔的低气压地带
正在纵容北风
以便收容你我飘零

只是，再也顾不得苦果
不如任其高悬
等待比言辞更锐利的事物到来
比如鸟喙、冰霜

比如天赐一刀分晨昏
从此夜长梦多

（选自《诗歌月刊》2016 年第 2 期）

雪中梅

苏美晴

仿佛那不是你，那个词也不是
悲喜无关风月，季节可以错过更多的花期
只有那个深埋冰雪的季节
你默不作声
你默不作声，远远地
在挂满冰雪的枝头，开出你的样子

仿佛那不是你，不是
像一个陌生而熟悉的女人
生下我，并用纯洁喂养我
仿佛，你只是告诫了我
人生冷暖
只有纯真才可以发出灵魂的暗香

每每看见你，片片白雪中
孤傲地开着
妈妈，我就忍不住哭泣
人世的冷，掩盖不住这举世的暖

（选自《中国诗歌》2016 年第 5 卷）

服药记

吴少东

我依赖一剂白色的药
安度时日

每天清晨，我漱清口中的宿醉
吞下一粒，化解经络里的块垒
让昼夜奔跑的血液的马
慢下来，匀速地跑
有力的蹄声，越过
倒伏的栎树，明确自己
过了一程又一程

药片很白，像枚棋子
掀开封闭的铝箔，提走它
在体内布下两难的局面
无所谓胜负手，提子开花
以打劫求得气数
每走一步，都填平陷阱

我想以你入药，融于肉身
陪我周旋快逝的时光
制我的狂怒和萎靡
唤我跃出每日的坑井

我视你为日历，一板三十颗
日啖一粒，月复一月，忘了亏盈
像技艺高超的工兵，排除雷
排除脑中的巨响

其实我依旧在寻求
一剂白色的药
用一种白填充另一种空白

（选自《诗刊》2016年2月号）

常　山

吴重生

常山的祖先是石灰岩
他们从骨子里信奉焚烧或被焚烧
那些乌黑的煤炭
是吴越古语的残骸
因此，我相信常山人是火的后裔
那十万亩胡柚
分明是十万个燃烧的火球

石灰山和煤山如今
已化身白龙和黑龙远去
火的后裔扔掉了挖山的铲锄
用清澈的涧水洗濯沾灰的臂膀
用清脆的鸟鸣敲打纵横的田野
我曾在山腰截住一片流云
在钱江源与鱼儿对诗

常山港以怀玉山和千里岗为灯塔
常山山脉是火焰的凝固而成
白菊花尖就是火焰的顶部
塔的光芒照亮闽浙赣皖的脸庞

其实，常山只想做一条山脉

流淌最江南的月色
从月亮湾到太子岭，新祥瑞出现
从山顶俯瞰
山茶花和猴头菇争先探出头来
春风浩浩荡荡

（选自2016年6月18日《人民日报》）

在秋天的肩膀上

吴耀辉

天高云淡，许我在秋天的肩膀上
呼吸你的纯净，许你在我的背上寄生
以我的心跳起搏你的心跳
以我的精神喂养你的一往情深

如果可以的话，请在
我的肩膀上扶起你的秋天
目光如镰，收割所有的悲欢离合
辽水波光里，白鹤翩翩起舞
倒映着与风声与月光有关的消息

趴在秋天的肩膀上，梳理雨水
梳理和夏天有关的痛苦
一口老井，一口永不干涸的老井
是乳汁，是血液，是我汩汩的泪腺
请把我的旺盛注入你的骨髓
走过冬，走过童话，就抵达了春暖花开

（选自《诗选刊》2016年9月号）

土城的土

何建明

土城的土，泥泞的土
那是远去的渔翁在此栖息
留下了几多汗水
浸透了酒乡的大地

土城的土，古朴的土
那是盐商与船工
在吆喝和叫卖声中
谱写着诚实不欺的音符

土城的土，智慧的土
那是平南王不灭的远虑深谋
三千年巨杉挺立
折射出先人的故里盖世的气度

土城的土，英雄的土
那是红军将士在赤水河畔
用生命使红色之船
从最危险的河道平安驶出

土城的土，神奇的土
你丰富而艳丽

你以历史的名义
让中国的命运
永远
向着光明的未来摆渡

（选自 2016 年 7 月 28 日《解放军报》）

我们头顶的天空

何晓坤

我想用雪水 煮一壶清茶
效仿传说中的古人 和天空
作一次湿润的对话　第一场雪飘临
我欣喜若狂地捧来透明的晶体
溶化的却是黑如碳水的污汁
第二场雪飘临　我仍满怀希望
看到的又是龌龊不清的液体
第三场雪飘临　我心怀侥幸
重复了前两次的失望和震惊
现在　我不敢再有雪水煮茶的矫情
我非常后悔　一场美丽的预谋
却意外目睹了 时光深处 难以擦洗的泪痕

（选自《绿风》2016年第2期）

树心堂

这样

我以为天下的房屋是一样的
每座房子，住着一个乱世的人
我以为闹市中放置
雕梁古屋，仿佛一种回避
墙壁上每块青砖，走在返古的路上

你喜欢花窗上的灰
落到地板上，发出永恒声响
那声响是慢的，我穿过虞山北路的马达声
和摸到的天空是快的，你歇脚的门槛
制琴的手，是慢的

我有超过一个时代的快，空白的快
快过五十多人，相加的夜晚

刨花灯亮起来的那一刻，你来了
穿过瓦片上的风，落在水墨的树上
是风，让画出的树产生摇动
是吹拂，让我们倾斜到古代的一边

（选自《渝水》2016年夏季号）

把杭州这杯茶端给世界

沈宇清

我走上嫩绿的茶山
从一株长得像少女般的茶树上
采下一朵春天

这株茶树，是我前世
亲手播下的种籽吗？

春天就这么来了
龙井村、梅家坞、翁家山
现在都排着队，站在我的茶桌上
我要把她们端给客人
这就是一个爱茶人最幸福的时光

春天的快乐
就从分享一杯新茶开始
来到西湖边的客人们，包括
G20 的领袖们
我想在我的茶桌上
把杭州端给你们
希望你们——

喝到和平

喝到友谊
喝到春天
喝到杭州

（选自 2016 年 9 月 1 日《人民日报·海外版》）

怊怙厘佛寺（外一首）

汪剑钊

讲经的人已经归于尘埃，
斑驳的泥墙依旧做着晨祷的功课。
废墟的空旷如创世之初。
鸟这人类的祖先，焦虑地扑动翅膀，
希望唤醒关于良知的记忆。

乱石中，一只甲虫与世无争，
在大漠的边缘，
悄悄地为自己找到栖居的位置；
与它毗邻而居的一粒沙子
谦卑地蜷伏，但并不比一座巍峨的高山更轻贱。
时间，我再次想到时间，
这生命的接生婆和刽子手，
它的魔法将山岩化作一抔黄土，
让海洋成为独眼的巨峰。

一名无神论者踩着信仰的地毯走来，
长跪，双手合十，
在语词失效的片刻高举佛香，
如同捧起自己的头颅——
那虚无的精神，
虽说肉身已破，如坍塌的寺庙，

残砖依旧像碎裂的镜片，折射佛光……

（选自《扬子江》诗刊2016年第5期）

曼杰什坦姆纪念碑前

黑色的大理石被赋予人形，
吐出人的呼吸，
纪念一个非人的时代：
曼杰什坦姆照例奇怪地昂起头，
倾听来自汉语的朗诵。

掌声不存在语言的隔阂。
柳芭娃，一位俄罗斯的女诗人，
默默站在一边，躲开
众人的耳目，举起冬天的数码相机，
把声音定格在光影交融的刹那。

黄色的玫瑰混合着白雪的芬芳，
美是一个安静的旁观者，
站上词句砌成的阳台，
欣赏伦理学木偶才华出众的
表演，在塑料与薄膜搭建的舞台上。

“生命——是一件布满窟窿的华服”，
这是谁的名言？
诗歌的雪橇碾压着下坡路，死亡
顺势为它打上一个巨大的补丁。

（选自《人民文学》2016年第8期）

旧日

宋清芳

土窑洞前开辟了一小块土地
父亲撒上菊花籽，把土坷垃细细捏碎
把过多的嫩苗拔除
把清凉的水覆盖在土地上

土地上的菊花那么美
母亲坐在窗前数菊花，每一朵菊花上
都有蝴蝶在飞

那一年，菊花开得格外茂盛
我和姐姐们掐下一朵又一朵
每一朵都放在母亲的棺木前
我们低声数菊花
我们没看到一只蝴蝶

（选自《星星》诗刊 2016 年 7 月号上旬刊）

返 回

冷眉语

一些人陆陆续续从黑夜
返回黎明的河流上
而我流向更低处
草原在雪线以下放牧牛羊
它们低头亲吻流水的瞬间
就把青草的气息传向远方
一些过不了河的石头
依旧在河水里悟道
摸着石头过河的人碰到了我

（选自《诗歌月刊》2016年第7期）

山　野

沙　克

远山的绿脑袋
长发及地
它的腿伸过来把脚尖没进水泊
野鸭子的眼里
游着碎光

柳丝的发梢
扬起颤抖的和尖细的两种蝉鸣
在这七月的会场

朋友聚集：鹊鸲、鸽子、青蛙、蜻蜓
相互打听城里的事
它们坐在树枝上、草叶上、石头上
注视一双皮鞋走进山野

皮鞋的后面
尾随着一座临产的喘着粗气的城市

它们分散开去
杳无声影。远山的绿脑袋
长发及地被踩断几根
头皮隐隐作痛

水泊静若无物
山野的气色渐入黄昏

（选自《诗刊》2016 年 10 月号上半月刊）

红房子

陈　贞

我有一座红房子
干干静静，住着一家人
也有朋友时常来做客

每当有人离开家门
送朋友的脚步
总是比送家人时走得还要远

人来人往
大门口的笑声
就成了一道亮丽的风景

这座房子鲜红鲜红
筑在肺叶深处
春夏秋冬　空气清新自然

风雨之后，我常常用双手去修缮
这座房子的颜色越来越浓

（选自《蒲公英》2016年第1期）

在乌苏里江

陈树照

这里水丰鱼肥
贮满了庄稼和声音
这里纯正的雁窝岛高粱红
不仅让男人女人们珍爱善饮
还诱惑着森林里黑熊
冒然闯进村屯　爬墙　进院
敲门或迷路

这里鸟鸣也被原始植物清洗过
那些栖居芦苇荡的白鹳鸟
每年冰雪消融准时归来
它们喜欢扎堆儿　铺天盖地起落
有时散开　如一块块飘浮的云
它们才不管什么界江航道
只要鸟类自由

我嫉妒它们
不仅源于人类没长羽毛
而是因为一头老牛
被主人从中心航道追回来
使劲地抽打　落日下
老牛昂着头　摆动湿漉漉的尾巴

泪眼汪汪　发出长哞……

（选自《椰城》2016 年 3 月号）

向一位窃贼致敬

陈群洲

我流泪读完了这个悲壮的故事
一位普通农民，承诺儿子考上大学后
奖励一台电脑可没法兑现，挣扎很久最终铤而走险
我也是父亲，也望子成龙，也曾有过同样的许诺与期待
不过我稍幸运些，兑现了诺言，所以才特别难过
因此，我要向法外开恩的检察官致敬
当然也要向这位有心无力的父亲致敬
您不是惯犯，您行窃的做法下作
但您的爱至高无上。一个老实巴交的父亲
走出这一步，需要多大的勇气

（选自《陈群洲短诗100首》，现代出版社2016年6月）

一根筋

阿　笑

心有大毒，说的是天底下非白不可的雪
与非要一条道跑到头不可的河
说的是，大地苍茫，总有着那么几棵
北风扑压不倒的野草
人间的说法叫倔、犟，又叫独
只为红彻底，咳出心头血，虽千万人
亦往矣，飞蛾投火般，不灭不休
在我家乡，有一株栽于大宋年间的银杏
天雷劈它，一劈两爿，它在死去的
树干旁，再伸出一条
山火又烧它，几人合抱的树干
烧成黑洞洞一个大窟窿
又硬生生，在焦如墨炭的主干上
挣出一段新躯体

（选自《诗刊》2016年8月号下半月刊）

写下自己（外一首）

张　元

我在不停的轮流中
交换季节，每天都相当短暂

在被回忆忘记的伤口上，冥想
看见天空，恐惧于自身的高度

我害怕了攀登的漫长
途中的每一次上升，都让我沉默

我习惯了写下每天的琐碎
这些细节，构成了生命的完整

这些年，我路过了太多的风景
这些年，我咽下了太多的无奈

我想要说出的，渐渐被遗忘
和已经表达的，却又完全对立

所以请你原谅我黄昏时的呜咽
和我半夜醒来时，突然的惶恐

我所看见的美好

路途是连绵的青山，树木葱郁
看见一个小山庄散落着住户
美得让人羡慕
村口的老槐树上挂着大大的牌匾
“寻找山庄庄主”
路人皆在分析着庄主的去处
我却在想
庄主一定就在山庄里云游

（以上二首选自《飞天》2016年7月号）

鸟语

张智

鸟鸣高不过天空
正如人类
永远也无法看清自己
那些在混凝土中
隐匿的瞳仁、骨头和血
不再醒来

就算我说世界像一幅画
就算我挂起招牌收购证词
就算我握住婴儿的手
凝视初生的老虎
就算我们每天朗诵精装的
姓氏、童话和鸟语

谁又能相信，从今夜开始
鹰会向低处飞
星光永不黯淡
或者，点燃雪花可以取暖

（选自《龙岗文艺》2016春季刊）

逃　离

张二棍

我的梦里，有野花，压着仇人的墓碑
有小路，走过贩运情侣的马车
有扭曲的蛇，突出孤独的信子
一遍遍，舔着朝圣者泥泞的脸
为了让一场梦，无比接近真实
我还准备了，诅咒，哭泣，和挣扎……
惊醒后，我怕还有偏头痛
红眼眶。我把每一场梦
都做得玄机重重。以至于
每一次醒来，都是一次对现场的逃离
黎明，当警报声滑过暗青色的窗口
我知道，我又一次幸免了
但肯定有另一个人
因为梦见锈迹斑斑的镣铐
而不幸，被一群梦见判决书的人
带走了

（选自《诗刊》2016年12月号上半月刊）

枕着长江入眠

张文捷

我追逐草叶上爬行的甲壳虫
从西陵峡口的云端盘旋而下
一串串野花在暗夜的密林乱颤
青涩的柑橘和少女尚未发育的胸部一样神秘
枕着长江入眠　一江秋水见证悬月坠落
有溪水连接我的脉管　传说中的桃花鱼
穿越灯影峡缓缓游进我的身体
劈开峡谷的那柄长剑
断开我今夜所有的牵挂
风潜入石缝　吹化筋骨
忽略了桔树悬挂着的等待
当大山醒来　橙子林散开披风
把太阳赐给的一包包密团隐藏腋下
圆润了季节饱满的乳房

（选自《诗歌月刊》2016 年 9 月 18—20 期合刊）

一剪梅

张永波

爱比喻就爱形容
雪野里一群身影隐隐约约的红色
像最亲热的灯盏，像冬天的梅
像点在油井上的朱砂红
保持着和我心跳一样的颜色

我在一片辽阔的雪地上
目视她们，在心里偷偷喊出红色的理由

冬天的油田，梅，像女工的昵称
是春花的延续，是冬天里完美的花期
多大的北风刮不去的相思
梅红独媚：矿区百丈白雪浓
万籁俱寂里，她们走来

寒，或者暖
都是人生常态
一些光芒，被人无意中
写进诗里，字字珠玑

（选自《中国诗歌》2016年第5卷）

那一场雨

张庆和

风儿似温柔的手
轻抚云的秀发
云感动了，喜悦的泪
滴滴答答
一场等待许久的雨
在希望的日子里飘洒
直惹得无数春光
一阵嘁嘁喳喳——
是时候了
快醒醒吧
该发芽的发芽
想开花的开花
要追梦就甩开矫健的步伐

一粒种子又一粒种子
悄悄出发
一片叶子又一片叶子
一天天长大
一只蜜蜂又一只蜜蜂
忘记了回家

（选自2016年7月15日《中国纪检监察报》）

一个人的山顶

张怀帆

飞机在高高的蓝天上
慢悠悠地，缀上一道长长的拉链
这缓缓移动的银色小器物，现在看上去那么小巧
偶尔，闪着一个小小十字架的光芒
我头枕一座大山，把身体摆放在秋天
我的前世，也许是个牧马人
但今生却只愿马放南山
不远的身边，有一头毛驴在吃草
它偶尔抬头，用它的大眼看我
面含深情，似曾相识
也许它的前生是一匹良马
关关，关关，远处的草丛里有野雉在叫
那声音仿佛《诗经》里的雎鸠
或许，它的先辈在河之洲
山里，多么幽静
幽静到半坡野菊花就要开口说话
这些淡蓝的，亮黄的小花朵
有天使一样的笑脸
蝴蝶，还在翩翩追逐着梁祝的故事
好像要把爱情一直带进冬天，纷纷化蝶
一只小飞虫，有如此的绝技
飞翔时，会戛然停在半空

悬浮半晌，又倏忽飞走，像外星飞虫
只有蛐蛐是秋天的知音
拨动着阿炳的琴弦
我是在一个假日独自进山
下山途中，听见那头毛驴
引颈长鸣，回首
只见一山红叶

（选自《绿风》2016 年第 6 期）

梦中的雨

张国领

在梦中你是雨
无声地飘落在我的心海
花瓣上没有水珠
只有吉祥的云彩
伸出手想接住你的透明
手掌里却落下一片等待

我知道你的柔姿
不是为我而舞
你的倾诉也不是为我
把一页页如诗的记忆打开

真想问一声你的名字
真想问一声你从哪里来
可我始终没有开口
因为我宁愿把宇宙
都想成你的家
那样无论我走到哪里
梦中的你都无处不在

梦中有雨之后
我的生命就开始一反常态

把原本形状各异的思绪
都捏成同一种容器
放上了用渴望铸造的平台
梦中的雨也许永远只是祥云
但对雨的期待，从此不再更改

（选自《河南诗人》2016年第2期）

马兰花

张映姝

只是留恋，那灯盏捧出的
旧时光，细微美，和淡淡愁
我们漫步乡野。步子迈向哪儿
都在暮春的取景框里
就像我们逃不出，星球的引力
无知的领地，和世间的认定

自由的野花，这无尚的引领者
调染着皑皑天山脚下的大地，跃动
内心的五彩音符。从野油菜的鹅黄
连奏到蒲公英、海罂粟的明黄
跳转到亚麻花的丝绒蓝，之后
过渡到天仙子的灰粉……
就让马兰花的蓝紫，做休止符吧
休止赶赴宴会般的脚步
休止翻越千山万水的野心
休止对生活、成功等的曲解、追逐

之后，坐在一眼废弃的水井边，看
蚂蚁搬移木屑，云团聚集峰巅
或者，躺在马兰花丛中，听
风在草尖蛇行，一声啼鸣唤起百鸟朝凤

或者，撩起清凉的渠水，引燃
小小的骚动，甚至，提着青春的裙角
欢笑着，踏波而去

这些早年虚度过的时光，充填了
此刻，此生的虚空。心爱的人啊
没有你，万物虚空，星球虚空
手指相扣，我们用虚度的分分秒秒
把这个虚空的世界，填满

（选自《伊犁河》2016年第5期）

没有下落的消息

张洪雁

那条信息送出之后
整整一个下午
我成了一只作茧自缚的蝉蛹
再也逃不出自己的网
初冬的阳光遮遮掩掩忽隐忽现
一只灰鸟丢失了它的南方
我抓起喜悦悲伤期待疑惑愤怒幻想崩溃等词语
揉作一团，反反复复擦拭自己的目光
一片飘落的红叶用伤口洞穿了秋天
冰冷的暮色正席卷而来
漫不经心地吞没了
一声该有的应答

（选自 2016 年 11 月 23 日《黄山日报》）

点赞滇西龙江大桥

张桂柏

一桥飞架
成就了江与山的姻缘
以巨龙之手
在时间的蚕茧上抽出速度
在高黎贡山之巅呼啸风云

这是月上的嫦娥在舞蹈
这是日中的后羿在角力
一座桥
让宇宙变小，让世界变小
让人的双脚变得更长更长

一座桥多像一把
丈量幸福的尺子
握在滇西人的手里
丈量山里与山外的距离
丈量现在与未来的距离

（选自2016年5月28日《国防时报》）

我喜欢的春天

青小衣

不是春色撩人，翅羽高飞
掠过额头。不是风一阵比一阵暖
水一波比一波柔

睡在地里的人，不再贪恋花枝
不再怀抱谷粒回家
雨水向下，也有睡不醒的事物

满目苍翠的田野，泥土湿润芬芳
草木高过坟茔
盖住了人间最大的悲伤

（选自《青年作家》2016 年第 6 期）

风

武　稚

它有孤单的天性，但不柔弱
它的双足总是想离开大地

它不愿挤在缝隙里
也不愿被收藏
它也从不回头
它似乎从不担心无路可走

它离开一个地方
到另一个地方重振生机
它从不畏惧千军万马
它也从不把自己的一生，断送在迟疑里

它也有守着泪水，日夜回旋的时候
它也会搂着大雨，风雨飘摇
带泪的生活，原来也是它的一部分

没有谁去注视风
风也不需要谁去注视
风也不想和谁争论

请不要扶风站立

也不要把灵魂交给风
更不要跟风走

在风中
做一个思想者，去穿越

（选自《诗歌月刊》2016年第3期）

大雪不曾使我们短暂相爱

林　莉

连夜大雪
小镇上，雪覆盖了所有的道路
我们不得不改变了主意
屋子已被清扫
我们决定生起火炉
顺便煮好剩下的几个土豆
松木在炉火里噼啪爆裂
树丛的气味、土豆的气味、雪的气味
这一次，我们显得异常平静
我们烤着火，一边慢吞吞剥着土豆
一边看着窗外的稻草垛一点点变白
雪落在雪上
使我们变得矜持
有谁知道呢
我们曾经受的，比所有的雪都要短暂
它很快就要把我们深藏起来

（选自《人民文学》2016 年第 9 期）

北干线以北

林　雪

四条电车路轨围绕着山城打转
她有健壮的大胃
她每天吞进光线、吞进风
正派而拘谨的农妇从郊区站上车

七十年代末的中学教师气质严肃
旅客中夹杂着流氓、混混
村民在南北干线两端收葡萄和蜂蜜
在新城下车的是新兴的工人阶级
我多爱那些倒坐着去向终点的女孩子们
她们嘻嘻哈哈拉住手环让自己站稳
远处的铁轨似乎要并在一起
多像她们纯洁的双腿走路习惯了内八字
那时她们还都是处女
而十年后她们之中有的人
因为贫穷而敞开在电车的阴影里
我爱那些作品发表在油印杂志上的诗人
爱那沉默的黑板报写手身上的小普罗趣味

如今，你看见多少亚洲落难的气息
你在资本手中转卖
一个干线的坡道与一个城市的隐喻

当黄昏星为照亮屈辱升得更高
请升得再高些！那帝国一样的颓废

再多些！那斜阳一样的忧伤
仿佛路过的每个人都曾是你的命运
又仿佛你的人生曾到处开放在别人身上

（选自《诗选刊》2016年第4期）

把自己种在一首诗里

林目清

把自己种在山涧的小溪边
看风儿从这里赶路
看云儿在这里照镜子
看风和云在山里山外衍变多少故事

把自己种在一个村庄饲养的炊烟里
看一个个山包时胖时瘦
看一群群人的生生死死
看山和人在山里山外演变出多少风雨

把自己种在城里街头的乞讨声里
让良心保持疼痛，让泪腺保持畅通
把自己种在城里高楼之巅钟楼的指针里
让人们听到时光敲打时间碎裂的惨痛

我是一颗在世俗中耗损殆尽的粒子
脉搏微弱，拒绝太阳的炙烤
我把自己种在月光的宁静里

我是一颗在坠落中残存的细小光点
无法远行，把自己种在星光里
在静默里让星光带我去远行

最后我把自己种在自己的这首诗里
安静地埋在这深厚的夜色里

（选自《创作与评论》2016年第3期）

刻舟求剑

林舜亮

那年春天泛舟爱河
你月下的剑芒吞吞吐吐
我被下游的桃花深深迷住
随手将赠剑一放
船一摇摆剑掉下河
匆匆刻下记号并深信
只要刻痕在剑就能找着

如今生命的小舟
已经接近下游
舷上刻痕犹存
剑却不知所踪

人不找剑剑找人
夜深人静时那把剑
洁白锋锐坚硬
常常将我刺得满身伤痕
谁说刻舟不能求剑

（选自《新诗大观》2016年第2期）

我就在你的眼前摇摆

雨倾城

想找个有你的地方，住下来
青草般宁静
在你路过的每一个清晨，写诗，做饭，栽红杏，种五谷
著我最爱的小碎蓝花布裙
哪儿也不去。我就在你的眼前摇摆
哪儿也不去。如果，你想我
我越来越绿，越来越暖
越来越新鲜

茶几上的书，和我有着相似的满足

（选自《诗潮》2016 年第 6 期）

一言难尽

罗　晖

多年来，残留的疼痛
无尽的心结
渐渐钙化　成了一座小山
挡住了我的前行
就算我喜欢生活的简单
长长的冬日
眼睛里缠绵的忧伤
还是破坏了我的生活

摇晃着困意
在异乡的角落
在低处
谋划着明天的生计
在轻轻的叹息中
我仍然吐出了日出、晚霞、大海
企盼美好
从田野走出

偶尔也会来到高处
用干燥的嗓子
对着命运吆喝几声
但很快就会

被无尽的夜色吞没
过往的日子
喧闹的生命
学会不再沉默

（选自《山花》2016年6月号下半月刊）

我们的海和夜

金　迪

孤寂出没，
室内，跟不上夜晚的节奏。
掏空隐喻，
一个钢铁般的男人，
不仅仅起源于梦幻。

智者的喜剧，
从来都是从悲剧中抽离。
叙利亚，一个三岁的偷渡男孩，
被浪掀翻的尸体，
深深地刺激着我，
就像一座小星球被掀翻。

人，我们能给人类什么？
多少天使被我们伤害？
远去的魂灵，
能否筑起我们的生命之城？

我们的命运，
真的在自己手里吗？
我们的海，
那么孤寂，

我们的海与夜，
都需要我们陪伴。

（选自《诗人周刊》2016 年第 34 期）

路灯与树

季士君

一棵树
站在两盏路灯中间
左边的树叶被左边的灯照亮
右边的树叶被右边的灯照亮
还有许多叶子
藏在路灯与路灯之间的黑里

两盏路灯的距离
等于寂寥的长度
一张蛛网挂在树上
网住忽明忽暗的落叶
和来来往往的脚步
却漏掉了寂寥的灯光

趴在叶子里的昆虫不动声色
看着一束光
绕过树的阴影
伸出手来
轻轻试探另一束光的虚实

趁着夜黑风高
一只飞蛾

又一只飞蛾

成群结队地
也绕过树的阴影
把一盏路灯上的光亮
搬运到另一盏路灯上

（选自《鸭绿江》2016年第3期）

我的眼里长出一片森林

周苍林

自从一只鸟向我飞来
我的眼里就生出了飞翔的翅膀
自从一群鸟向我飞来
我的眼里就长出了一片森林
——我的呼吸有鸟的气息
我的耳里装满了鸟的叫声
我用鸟的声音喊出鸟的热爱、向往
我的歌唱有鸟的旋律……

（选自《星星》诗刊2016年第8期上旬刊）

蟒 蛇

周瑟瑟

它的气味一日三变。
此刻有尖刀的气味，挺立起三角头，
清晨它整个身体散发出面包发甜的气味，
再过片刻，它要么更加疯狂，
要么昏昏入睡。

我听见它打呼噜。
嘴里流甜蜜的汁液，
还发出婴儿叫妈妈的声音。
这就是蟒蛇，我所喜欢的凶猛的动物。

它听我的叫唤。
只是我叫它更凶猛，
我叫它吐出鲜艳的舌头，
它绝不翘起乌黑的后尾。

我抚摸它尖硬的头，
说：天寒地冻，不要摆动。
它缩回到桌子底下，
柔软的腹部紧紧缠着我的大腿。

我心生怜爱。

我喝下一杯红酒，激起它昂起三角头，
我喜欢看它滋滋吐出蛇信子，
冲我猛扑而无从下口的着急的样子。

果然它咬住了我。
这是我所期待的。
我期待它的毒液流遍我全身，
我期待我的骨胳更松软，
而我善良的心更坚硬。

（选自《作品》2016年第3期）

种　子

庞　白

回到岩石内部
又一千年，一万年过去
冰川变冷了，它没冷
气候变暖了，它没暖
石头开花了，它没开
一百代，一千代的人，都走了
沧海已经桑田
它还在那里

它的颜色，变灰，变黑
质地柔软，变得透明
变得更像一颗子
和那些石头一样
坚硬
蹲在这个无常的世界

（选自《诗林》2016 年第 2 期）

症　候

庞清明

癫痫间歇性发作，预示
前程亮起了黄灯？红颜祸水的
罪名安得不轻，两副扑克
演绎信鸽短暂的一生

将花朵寄养后方，出自
懒汉哲学，依靠明天的太阳
托起现实的大厦，宏伟的
蓝图，仿佛几根粗线条

歌舞升平处必有秦香莲的
冤屈，繁华之地或是乱葬岗
名利的绞肉机萦绕狂舞的苍蝇
别为盲目的冲动失魂落魄

黄昏的散步身怀厌世的利器
但消渴症的长久折磨打造杜甫
的奇才？艾青眼里噙满泪水
故国烽烟，惊起蝴蝶纷飞——

（选自《钟山》2016年第1期）

星空下

夜　鱼

蒲扇每摇一次，夜幕就低一寸
她时常在泥腥味里
在飞蛾或萤火虫的嘤嗡声中
在银色的微光下，精疲力竭
随后坠入梦乡。清晨醒来
发现自己已从露天竹床转移到屋内
她从不知道之后的事，不清楚抱她进屋的
究竟是外婆，还是爹娘？

及至中年，午夜梦断
当她抬头，窗外
被分割成块状的模糊夜空
忽然勾出她的好奇——

那些转瞬即逝的田园和星空，在下半夜
究竟有多开阔有多明亮？而她
要如何洗涤和腾空，才能再次接收
完整无缺的星光？

（选自《扬子江诗刊》2016 年第 3 期）

虎跳峡听涛

郑成雨

金沙江在时间的脊梁上奔走
像母亲的针线穿过了天地玄黄、宇宙洪荒
雪粒的白，照耀苍茫
从混沌走向混沌
时间的磅礴在一条大江中不可阻挡
万物的卑微在另一条江河上随波逐流

江心石，试图改变河水流动的方式
和它内部的声音
江涛一声一声高起来，又迅速被摁下去
悲哭和狂欢，是时光留在岩壁中的波澜。

再蓬勃的澎湃，都将萎蔫成辽阔的寂寞
一朵浪花盛开了，另一朵浪花凋谢了
洪荒之上，众生轮回。每一朵浪花都是过客

（选自《关东诗人》2016年秋季号）

父　亲（外一首）

宗焕平

他是那个我想得越深，越难以
安眠的人，是那个用胡子扎我
我不敢喊疼，也不能脱身
用咸涩的汗水，浇灌我叛逆青春的人
他是那个用哈欠唤醒黎明，用脚步
踩痛黄昏的人，是那个
骑一辆单车，几十年在同一条路上颠簸
却无法改变自己命运的人

他是那个一生打过我两次，又用
两块糖果向我道歉的人
是在不见天日的夜里，用目光和坚韧
为我指路的人
是一辈子没读过几本书，却愿用可怜的
工资，供我读一辈子书
并挥手让我远离家门的人
是那个我一出远门，就空悬着心
而又装作若无其事的人
他是我的父亲，一个默默无闻的人
是那个累得想多睡一会儿，不让我
喊他吃饭，而今，无论我用多大的声音
再也喊不醒的人

（选自《新华诗叶》2016年春夏合刊）

到郊外走走

在城里待久了，就想到郊外走走
有时候并没有明确的目的地
南北东西，延庆、平谷
怀柔、门头沟，都可以
也没有理所当然的借口
只是想去，就是想走，
想暂别那些鳞次栉比的高楼
随便到郊外走走

去吸口新鲜空气，看看蓝天
爬一爬不太高的山，探一次险，出一身汗
然后，吃顿偏咸的农家饭
顺便会一会多年不见的老朋友
再喂一喂朋友家的鸡
逗一逗朋友家的狗
最后盘腿坐上朋友家的热炕头
所有这一切，似乎是，又不完全是
我想去郊外走一走的理由

其实，我是怕我的心啊
因为在城里停留的时间太久
一旦出走
再也没有哪个地方愿意收留

（选自《绿风》2016年第6期）

我脆弱得只剩一滴泪水

宗德宏

有时情不自禁
想哭
眼泪自然地从眼眶里流出
这是思念
再度把我柔软的地方碰触
那味儿像茶，苦中清香
烦绪沉了又浮
赶不出心头
向谁倾诉
在夜的深处
我听着呼啸的北风
抒发情愫

心里承受了多少孤独
彳亍
可看来路
依稀记得当初经过的街口
在我的身后
至于归途
我已然把它作为一本
写给未来的书
此刻情怀不需要救赎

那些闪光的句子
即使在角落里踱步
也不失风骨

我脆弱得只剩一滴泪水
晶莹剔透
相觑无语譬如朝露

（2016年2月16日中国诗歌网）

铁匠铺

孤　城

山水已有形
风物仍在碰撞。茶马古道
纳西族妇人背驮幼子，身后紧跟
另外
三块嫩铁。怯怯的

面呈酡红，内心尚未溅落锤声
人世如淬
光阴的手艺
尚未找到适合的铁砧

（选自《诗刊》2016年8月号下半月刊）

空

孟醒石

六岁那年，我一脚蹬空
从三四米高的梯子上摔下
当时没咋地，翻身爬起来，继续玩耍
半夜，骨头疼醒了，爹娘彻夜未眠
月亮像听诊器，贴着我的胸口，晃来晃去

长大后，仍然改不了踩空的恶习
从空虚到空中楼阁
色即是空，空即是色
幸亏有影子垫底，否则早摔成片段

光阴如梯。昨夜我爬到故乡的房顶
忽然发现，下不去了
谁是那个撤走梯子的人？

在华北平原，邻里之间的房顶相连
我从这家屋顶，转到那家房顶
不知道从哪里跳下去
家家空空如也，只有月光张开双臂接着我

（选自《星星》诗刊 2016 年第 3 期）

变异的静谧

柳　苏

树枝一动不动，无风
几只麻雀一个劲啄着羽毛
墙脚晒太阳的老太太，正打瞌睡
拄拐的石四爷摇晃着走到跟前
端详了半天，没认出我来

整座村子没有一点儿响动
恬静，暖烘烘，太平
日子找不出破绽。只是担心
魂牵梦萦的家园挡不住苍老，最终
声带失振，不再发声

（选自《扬子江》诗刊 2016 年第 3 期）

与太丘一起飘进唐诗

柳　歌

太丘，只需说出你的名字
一路上就有那么多新发的柳丝
齐刷刷地抬起纤弱的手臂
遥指你的方向，动作惊人地一致
更有杏花盛开，玉兰燃烧出
各色的火焰；那么多不知名的小花
在田野里悄然绽放，你我之间
有着如此多的花朵与故事
可见与你的缘分，远不止千年

禹鼎台依旧执着地
呼唤着风雨，书院里隐隐飘出
谁的吟诵声；广场中的陈寔
目光更加深沉：梁上君子
是不是，从此销声匿迹

春色如此明媚，连时光的质地
也柔若无骨，宛似同行妹妹的腰肢
此刻，假如春风再用些力气
我们就与太丘一起，飘进唐诗

（选自《山东诗人》2016 秋季卷）

阅历

胡　弦

月亮升上天顶，离人间
那么远。
我确信，不可能有谁曾拥有过它。

而低下头来，一切都和从前一样，
薄霜、街道、淡淡光华，
就像我们从未失去过什么。

（选自《汉诗》2016年第1期）

水边

胡权权

水边，秋风走进了自己的倒影
碎裂的波纹摇晃
那些飘荡于江湖之上的事物，仿佛唯有颠簸
才能抵达远方

水边，夕阳与衰草对峙
让弯下腰的锋芒披上金光。鸥鸟掠过头顶
闪电与乌云在高远处呼啸
等待一场雪败下阵来

水边，请允许远方赶来的星光
给昏暗的小屋点亮灯盏
允许小河不动声色
给村庄安上一条带皱纹的长尾巴

（选自《扬子江》诗刊 2016 年第 5 期）

最后的柿子

郝子奇

一只鸟，在努力地拿到
老树枝上最后的柿子

仿佛这只鸟不是要摘下什么
而是要提走一盏
季节的灯

仿佛夜晚来了
这个季节全部暗了下来
一盏灯，对于小鸟多么重要

可以照亮生活，也可以
驱逐寒冷和饥饿

（选自《莽原》2016 年第 6 期）

英　雄

赵　琼

信仰的高度
永远高于英雄的头颅
英雄的肉体
是一棵迎风而日日深沉的谷穗

信仰，始终葳蕤在
哺育英雄以及英雄家族的
地头，让英雄们的一年四季
季季如春，由此
播种与耕耘
就理所当然地成为英雄
一生应该去做的事情

与此同时，忠诚
是引导英雄的一盏
永不熄灭的明灯
总被英雄不偏不倚地
置于心脏位置的正中

英雄，没有倦卧的时候
即使是倒下
也要将那倒下的过程

化作一缕育花的清风
吹开一面旗帜，如鹰
在苍穹之下舞动

我知道，我现在
还不是英雄，但我了解英雄
了解英雄体内蕴含的赤诚与伤痛

就像土地滋养着根须
根须滋养着叶子
叶子托举着花朵
花朵孕育着硕果一样
一方水土滋养着一座山峰
让英雄还不是英雄的时候
信仰的红以及忠诚的热
就在滋养一个不屈的躯体
如此，所有的黑暗与邪恶便无路可退……

（选自《解放军文艺》2016年第11期）

隔着窗纱读你

赵玉环

隔着窗纱，读你
用目光默默地读你

读你在我窗前徘徊的足音
读你在歌声里透露出来的信息

真想到窗外去找你
又怕遇见的时刻就是别离

（选自 2016 年 12 月 20 日《清远日报》）

冬日的红崖山水库

赵兴高

无数块冰涌向堤岸
这些因寒冷而冻僵的手
却伸不到冬天之外

冷啊，我仿佛听到浪花
最后的呜咽
冰，死去的水
能不能在轮回里
想起自己的前世

我想在一小块冰上
刻下自己的名字
等到春天，再来这儿
看自己的影子，在水中荡漾

那时，红崖山的水
已记不起我
但我知道那浪花
为什么来了去，去了又来

（选自《诗潮》2016 年第 10 期）

脚掌和路（外一首）

赵丽宏

每一次和大地的接触
都是一条路的开端
我用脚掌丈量大地
寻找通向妙境的门槛

山的崎岖
水的湍急
岩石的嶙峋
沼泽的泥泞
都曾和我的脚掌厮磨

我走过的每一步
都在大地上留下脚印
那是我生命的光芒
向着远方辐射

大地回赠我的纪念
是脚底的茧花
还有脚跟上
那些粗糙的裂痕

我用脚掌叩问大地

道路也许由我的脚印起始
却不会因我的停步而终结

（选自2016年3月2日《人民日报》）

声 带

我的声带
曾经纯亮如琴弦
一滴露水的触动
也能拨出曼妙清音

曾以为声带就是用来唱歌
世间的任何气息
都会使声带颤动
人人都可能是作曲家

声带追随着天籁
被拨出变幻无穷的和弦
却也有沉寂的时刻
在弥漫天地的喧嚣中
我的声带一度涩哑
自己的声音
被囚禁在无法看见的地方
近在咫尺，却远隔天涯
当周围被死亡的静穆笼罩
我的声带为何忍不住颤动
痛彻心肺的呼喊
让声带颤抖到撕裂
沉默的世界

却留不下一丝回声

（选自赵丽宏诗集《疼痛》，人民文学出版社 2016 年 10 月）

伫立海边

赵克红

伫立海边　才发现
海是站立着的
我踮起脚尖　极目远望
只能望到
它宽阔的胸脯
再往上看　水天交接处
则是它横亘于世的肩膀
而海鸥　流云和天空
也只是它的近邻
面对　如此一个真正的大海
我并没有像他人那样
在心胸豁然开朗之余
惊叹海之广阔
而是喜悦于　那片在我胸中
澎湃多年的蔚蓝　终于
找到了故乡

（选自《中国作家》2016年第6期）

书架

赵明舒

站在它们中间
我就变得高大起来
这些很有名气的著作
抬高了我的身价

我经常在此逗留
有时候信手拿下一本
翻了翻
又放回去
我不能让它们蒙上更多的灰尘
为了这些伟大的名字
我保持着起码的礼貌

（选自《诗潮》2016 年第 8 期）

不要在我的灵魂张灯结彩

南　鸥

聚光灯只能打开虚幻的吗啡
已经习惯暗夜，正独享它的孤寂与寒冷
我知道，那些致命的意象只能在
暗夜的底片上浮现。感谢加冕与恩赐
我已经镶入暗夜的体内，正在向
它的心脏地带昼夜挺进
正在回到从前

孤寂是一种修炼，是一种
百年的福气。就像酒神洞藏千年的原酒
日月蕴藏着精华，请不要惊落
覆盖日月的白霜。不要在我的灵魂
张灯结彩，更不要给时间
抹上靓妆。请记住：素面朝天
才是最高贵的容颜

（选自《新诗刊》2016 年第 5 期）

秋天的女人（外一首）

度母洛妃

岁月，被宣誓了占领
爱情，甘愿委身
女人，不是花
而是一季满满的春
她们豪赌，仅有的筹码
她们争取，最小的主权
秋天的女人，更美
像夕阳，妩媚的眼睛。

无　别

你说我的长裙
与你的袈裟无别
因为你与我无别
无别真好
你笑我也笑
乾坤只是一点光
你在光里
而我愿在你眼里。

（选自2016年4月25日中国诗歌网）

提灯的人

宫白云

黑夜提着白昼
摩肩接踵的人群提着自己的影子
乌鸦提着栖身的树
提灯的人提着尘世——
从一城绚烂中挑出灯芯
从四处的污浊中择得慈悲
当一河的月亮熄灭黑暗
一盏灯模仿神圣
好看的光线从低处
献过来

（选自《诗潮》2016年第8期）

南天门观泉

姜念光

在这里，我第一次发现，
所有的水当中，
流逝是最好的一种。
据说成吉思汗曾在此张弓搭箭，
但是很难相信，那么粗放的人，
怎能穿过如此细小的针眼。
我更相信我的老乡孔子，
他说，逝川不捐细流，
所以万物在其中不停不休。
我后来又注意到，岩石高峻，
无来由地写着几个红漆小字：
佛家净地，禁食酒肉。
彼时山风正紧，听上去仿佛水声。
我回头，为泉水边的刘立云拍照，
他负手而立，恰好挡住南天门的沙漏。

（选自《诗选刊》2016年8月号）

我在大雨之前出走

洺　雁

听说雨季要来
你开始积攒云层和山风
我还有一些没用完的焦躁
隔岸的柳松开我骨头里的风
留一些愿望吧去放飞长裙上所有的蝶
仿佛放任我的逃窜

我们互相交换黑夜
用隐秘堆起一个个黎明
你迷恋我，一个走卒魔性的部分
请将我撕裂，用火焰对待黑暗的方式
那么多的文字相拥而来为错误正名
我只是一汪局促的水

被午夜的桃花围困
泛起的回忆堵死所有的退路
我退到刀锋，以疤痕的名义
在身体里辨认远方和风暴
赶在闪电之前离开
带走我们最后的完整

（选自《山花》2016 年第 5 期）

尼亚加拉瀑布

——有感于移民潮

段光安

水
千里迢迢奔来
就为这一跳
跳下去
跳下去
跳下去
砸
到
底

命运逆转
雾汽
漫上山岗
彩虹
悠然升起

（选自 2016 年 8 月 26 日中国诗歌网）

千年银杏落叶

洪老墨

这落叶是金色的，也是陈旧的
一落就是四千多个春夏秋冬
有如不断返回的夕阳晚照

这是又一次四季轮回到来的生命
对即将逝去时光的再现

这落叶又是一种金色陈旧的文字
当它被诗意成美丽
就是被放松和飘落的智慧

（选自2016年8月28日《长江周刊》）

我的爱，一寸长

祝相宽

不要说我的情有多么高尚
我不过捐献了一件御寒的衣裳
不要说我的心有多么辽阔
我的爱，一寸长

也不要把我比作春风
让千树万树的梨花，在一个早晨
齐刷刷地开放
更不要把我比作太阳
我的光除了照亮我的内心
剩下的，只够让一只小蜜蜂
找到回家的方向

我的爱，一寸长
但我不吝啬，我相信
爱如泉水，边取边长
我记住了父亲的话
小善乐为，大爱无疆

我的爱，一寸长
一寸之爱也要飞翔
我捐献的理由很简单

我不愿看见，一滴眼泪
挂在一个孩子的脸上

（选自2016年11月18日《昌平报》）

秋风中的苹果园

曹　谁

大风吹过果园
绿色波浪起伏
苹果像红色灯笼
照耀我们去巡逻
一起吃着苹果
一起说着笑话
树林中低头可以看到脚丫
有人来害苹果
弟弟大吼一声
那小孩一溜烟跑掉
二弟和三弟跑到下面去追
我突然感觉身体不适
我对他们说：
兄弟回来吧！
我们的果园中还有许多果子
最重要的是兄弟们在一起
我们肩并肩在绿风中往回走
我突然从梦中醒来
看着满天的繁星
想起故乡的兄弟

（选自《贵德》2016年第3期）

风的祈祷词

曹立光

爬不上山的风
擦了擦挂在眉毛上的霜，跺一下
鞋上雪，折转过身子
山下是弯着腰，准备过年的
汤旺河

沉默的小镇有鞭炮声传来
灯笼杆下蹲着守岁的狗

临近中午，有两盏路灯忽然亮了一下
像两个多年未见的友人碰了碰酒杯

这短暂欢愉
是大红对联敲响门环，年画跳上枝头
而年的供果在风的祈祷词里默诵：
宏图远志，乌拉安康

（选自《诗林》2016年第5期）

我爱你，远方

曹宇翔

此刻谁在远方歌唱
月色山峦，鸟儿啁啾的清晨
如花似玉的春天，檐下朦胧灯光
那是旷野之夜，炉火之夜
丛林夜莺，收起丝绸翅膀

那是宁静小镇，劳作的人们
爱情芬芳，绵密的薰衣草
泛着紫蓝之光，大河流淌的声音
雪花飘落的声音，羊羔跪乳
豆荚炸裂，灯塔在那边
海湾日落，留住无家的波浪

听不懂一句歌词我听懂了歌声
春风和秋雨在商量什么事情
那是大路叮嘱小路的声音
婴儿熟睡的声音，庄稼拔节的声音
母亲灯下做针线活的声音
一群少年书包一扔跑向球场

谁在远方歌唱，我面前的
地图鲜花缤纷，那是目迎

目送的声音，所有刀剑都锈蚀了
牵牛花爬出幽深的炮膛
一个孩子喊妈妈好多声音答应
那些紫豆花也应声开放

谁在歌里招手，秀发飘扬
谁在歌里微笑，向我张望

我爱你，世界
我爱你，远方

（选自2016年12月19日《解放军报》）

师长陈树湘

黄松柏

湘江，四天五夜的苦战
你用骨头撑起了一方天空
三十四师的血肉，一道铜墙铁壁
让地球的红飘带，飘过湘江
今天的军旗国旗有你忠贞的血色

使命完成，没有了退路
星光血红，看枪林弹雨
冲出阴云密布的生命之路
左冲右突，呼啸搏杀
为了梦中的苏维埃，血战到底

战友一个个倒下，凶猛枪炮
如雷电击落花朵
你捂着流血的腹腔，血染沙场
当虎落平阳，你毅然灭了狗们的得意
伸手插进腹内，一声长啸，扯断肠子
让人看看英雄热血如何洒满天空和大地

头颅高悬长沙，一颗将星
在九霄，看心中太阳缓缓升起
看三十四师轰轰烈烈走进湘江军史

战尘落定，你的机智威猛依然活在战区
当生死战友的儿子叫您大爹
当孙子叫您爷爷的时候
一队队军人向您致敬，并接过您的誓言：
“为苏维埃新中国流尽最后一滴血”

陈树湘，红飘带上凋零的英雄之花
陈树湘，矗立湘江之上的不朽军魂

（选自《民族文学》2016年第12期）

露 珠

梦天岚

它们收集了六种声音：
骤来的风雨声，
远去的马蹄声，
房梁的断裂声，
黑暗中女人的尖叫声，
野猫模仿婴儿的哭泣声，
还有一天中最后一声鸟鸣。

它们混合了七种颜色：
大海的深蓝，
江河的惨绿，
月光的虚白，
檐顶的青黑，
院墙的暗红，
草木的枯黄，
以及人性的灰。

大地以自己的眼泪为它们命名，
假手于一万片叶子的托举，
从深夜开始，让它们醒在有雾的清晨。

它们忍住了岁月的咸涩，

终致无色无味。
它们像珠子一样滚落，
悄无声息，而又不可拣拾。
它们一次次重返眼眶，
在阳光里映现更深的阴影。

（选自《中国诗歌》2016年第6卷）

每一道菜里……

袁东英

忘记凝视与诉说，已经很久很久
今晚，我在每一道菜里
都加了颗粒状的糖
我用它们，烹制渐老的情话
让彼此变甜

想哭一会儿。我已经很久没有哭了
在人生风雨来袭的时候
我靠紧你的胸膛，像靠紧一座山
而迎面的风，灌顶的雨
合成不止千遍的哭

你要活得自由，我要活得浪漫
我们像凹凸的山水，相向的舟船
那么不同，却紧密联在一起
关联与互补

生活递过来一张白纸
我们都喜欢在上面涂涂抹抹
你画的是物质，我画的是精神
我们至今不知道
物质与精神，哪一个更重要

今晚，每一道菜里都盛满
我从未表达过的甜言和蜜语
少女的冷拼，少妇的热炒，现在的清汤
它们千娇百媚，等着我
向你，和盘托出

（选自《诗选刊》2016 年第 10 期）

郑和（1371—1435）

晓　雪

六百多年前，
大海第一次惊喜地看见，
如此宏伟的三层宝船，
如此庞大的百船舰队，
劈波斩浪，排山倒海，
勇往直前地航行。

狂风暴雨无奈何，
惊涛骇浪挡不住，
亿万个浪头振臂欢呼，
千百个岛屿敞怀欢迎，
欢迎这伟大国家的使者，
这气宇轩昂的“海上巨人”。

他站在三层宝船的船头，
昂首挺胸，迎着八面来风，
右手握海图，左手持剑柄，
雄视前方，目光穿透万里风云……
每到一地，他走下宝船，
向所有的人作揖致敬。

他和他的船队，

给人们带来丝绸和瓷器，
带来精美绝伦的艺术品，
带来灿烂的华夏文明，
带来一个古老民族的
礼仪、祝福和友情。

他是“中国走向世界的第一人”，
他是世界认识中国的第一人；
“中国——郑和”
“郑和——中国”
他第一个以行动向全世界宣告：
人类仁爱，以和为贵，
要永远和睦、和谐、和平。

（选自《云岭先锋》2016年第1期）

秋风错

柴立政

每个人的日子里
都会有些不尽如人意的事情

我时常看见乌鸦、喜鹊、麻雀
这些熟识的鸟，朋友似地
和我一样过着普普通通的生活
闲时，我还见过
笼子里的画眉、黄鹂和百灵
它们欢蹦乱跳，叫声甚是婉转
偶尔在远处的水里
也见过丹顶鹤、苍鹭
更稀罕的是，也在
原野上见过鹰，记得
它那双尖锐的眼睛
盯了我好一阵子
遗憾的是，这些年
早先的燕子我却没有见到
这背黑腹白的小家伙，究竟
是忘记了我，还是被秋风给错过了

（选自《长城文艺》2016年第10期）

家

爱　松

熟悉的声音消逝了
墙角的藤椅静静等待着
一些灰尘，成为长久的记忆

往事堆积在时间空壳里
成为坟茔以外的坟
曾经佝偻的背影与拐杖
在空气中微微颤动了一下
又从一颗空空如也的心里
悄然滑落，一如流星葬于夜幕

被抽掉的笑声和温度
横躺在故乡某个角落
月光弥散，许多事物翻了个身
醒来，越来越清晰的是远去的模样
越来越模糊的是自己鲜红的姓氏

无数次往返，唯有这次
才感觉到真正丢失了点什么
在冬天的这个黄昏
我伸出手，门向内旋转
一股冷飕飕的风，钻入指间

嘶哑地喊了一声我的乳名

（选自《边疆文学》2016年第2期）

约一个吧

倪 涛

老友们，真的该约一个了
时令已是谷雨，在古代
该是走下地头的时候，弯下腰
此时雨润百谷，此日霜止
种豆的种豆，埯瓜的埯瓜
此时风从南边来
当击壤，视流水东注入海
日近正午，人到中年

老友们，真的该约一个了
找个小小的二楼，必须靠窗
人数不限，该来都来
音乐和青豆，牛肉美人与酒
黄昏时坐下，月升时下楼
若不尽兴，街边灯黑屋陋处
正好醉，正好遮我颜丑

老友们啊，约一个吧
在这些自愚愚人的岁月
我们能幸存并保持清高
并不是容易的事，我们不勇敢，甚至胆小
但直至今日，心中仍有余烬

所以约一个吧，趁着还都在一个城市
趁着尚不厌倦相聚
趁着有时还想大放悲声，趁着
雨水来临的声音让我们同时抬起头

（选自《江南诗》2016年4月号）

怀念一位诗人

殷　红

我不是在怀念一个诗人
我是在怀念一条水。怀念
水边的野草和草民

怀念一座山下的故国
怀念废墟上的玫瑰
和玫瑰一样的少女，以及她的母亲

我还怀念一些文字，它们早已失踪
就像那些珍贵的植物与飞禽
怀念它们的血液和眼泪

只有两样事物我不敢怀念
那时的天空和大地，我怕它们醒来

（选自《诗东北》2016 年夏之卷）

写给 2026 年的女儿

徐柏坚

亲爱的女儿，将来的你
要做一个有爱心的人，你要
能够给孩子们讲许多有趣的故事
这样，你也必然会像孩子们一样快乐

亲爱的女儿，将来的你
要做一个有品位的人，你要
学会一门乐器，比如钢琴或吉他
这样，当有一天我不在你身旁
当你觉得郁闷烦躁的时候
你随时可以给自己弹一支曲子
它是甘泉，会把宁静
输送到你身心的每一个角落
当美妙的旋律响起并环绕着你
那时，就像爸爸仍然在你身边一样

（选自北京文艺网 2016 年 10 月纪念新诗百年特辑）

光阴辞

徐春芳

我体内一堆生锈的钟表
有的还停摆在童年

父亲头顶的一缕白雪
让我怀念故乡的春天

桃花杏花槐树花
年年聚会着熟悉的脸

那些指指点点的看花人
有的远走他乡有的地下长眠

（选自《安徽文学》2016 年第 8 期）

在人间

笑嫣语

想到泥土会夺走一切
我就不停给天空写信，不停写下黑与白
写种子冲破黑暗，新鲜的叶片醒来
我抚摸鲜嫩的蕊尖

写向北的窗子打开，一只掉队的雁路过
它怀抱低鸣的伤口，围着灌木打旋儿
恰巧我路过湿地公园，手执旧日唱词
走在斜坡另一面

用不了多久，霞光弥漫
我握住那么多明亮的事物
抬头看天

你听，雁群高唱：箭在离弦
而我，正像冒险者乘着夜色
走在毫发未损的路上

（选自《诗选刊》2016年第3期）

云间一憩

高处寒

遥远的山上
云朵朵像拉门一样
哥特式的黑色城堡泛光
看不见王子，看不见公主
也看不见国王

头上的云彩的胸膛
冲起几道十色光
好一片绚烂的海洋
白鸟绕着十色光飞翔

我拼命地按下快门
拼命地按、拼命地按
突然我像刚刚飞上最高点的风筝
开始被人收线

醒了
如果我有蜡笔
如果你刚好在我身边
我一定画给你看

（选自《中华诗词》2016年第6期）

贾德福

高若虹

题记：长征路上牺牲的女工兵营炊事班班长，曾两过雪山，三过草地……

你比姐妹们大几岁
她们都叫你贾老婆

你老婆似地把日子背在背上
让雪山 草地一次两次三次记住了一支有锅的队伍

你就是长征的厨房 就是爬雪山 过草地的生活
有你这口锅 草鞋和绑腿总能走到埋锅开饭的时候

连雪山草地也喜欢上你了
才做了你的润肤霜 又递上一把绿色的梳子

甚至 天空也睁大了太阳 月亮两只眼睛
一眨不眨 把那口锅看成一粒红军的美人痣

你也是背上这口锅后才懂得
只有走下去 才能让穷苦人有饭吃

所以 你总是和那口锅走在行军的最后

像背着一条标语：这是一支给百姓饭吃的队伍

当你被敌人的子弹咬断了前行的脚步
为了不让姐妹和百姓们失望 伤心
那口锅紧紧把你扣住

战友们最后听到的是铁碰铁的声音
是铁和铁把舍不得离开的日子紧紧搂住

你只是改变了行走的姿势
背一口锅的碑 匍匐着走在队伍的最后

（选自《民族文学》2016年第8期）

但丁

唐　力

但丁突然来到地狱里
所有的人：傲慢者、忌妒者、愤怒者
怠惰者、贪财者、贪食者、贪色者、阿谀者
离间者、伪造者、谋杀者、背叛者……
全都投掷他，以黑风、以冰雹、以石头
以火焰、以沸油、以泪水
他们以为：砸死但丁
他们身上的罪恶与惩罚，都将消失

（选自《十月》2016年第1期）

我在梦中把自己悄悄追赶

唐　诗

趟过词语湍急的河，翻过表情陡峭的山
我在梦中把自己悄悄追赶。没有过多
留意睡满女人和谚语的村庄，也没有十分在意
积淀在村边的桐花和月色。我只悄悄追赶
连虫声也不想惊动。就像一匹狼在路上，梦想
嗅到苍凉的回声。就像一条鱼在跋涉中打湿
于岸边翻晒身上的重重险滩。而前面的我，跑得
太快。后面的我，提着路在追赶
追赶我呱呱坠地的年代，那是一种何等的清纯
何等的雨露。追赶我沿途丢失的错误，再把
它捡拾，擦净，放进新的衣袋。追赶
浪费了的好梦，丰富的睡眠。追赶放在山顶的溪水
追赶孤独，追赶细小的飞鸟如巨大的马匹
也许，我悄悄追赶，我暗暗下雨。也许，我紧紧
追赶，我慢慢到达。追赶的我和被追赶的我
会在另一条路上，一同一路高歌地返回

（选自《长淮诗刊》2016 年 11 月号）

一只蝴蝶

唐　毅

1

这是平缓的谷底
前面一只蝴蝶，一忽儿飞，一忽儿停
翅膀有涧水洗过的白
粉中一点淡绿，尚带着菊香

我要往访的一位旧识
就住在这谷中。一片人迹罕至的瓦舍
会不会木门一开
便有一万只蝴蝶缤纷而出呢

2

一只蝴蝶飞抵我的额头
它是否听闻到什么
比如风啸、雷鸣，还有那些王者之香
鸟声擦亮的这个早晨

嗯，我将遵从于内心
并不想惊走——前来探望的一只蝴蝶

抑或同它一起思考
一些常常被忽略的问题

3

起落之间，高飞的一只蝴蝶
像云雀一样化入空中
只剩我在塘畔伫立
有蝉藏身柳荫，歌声里亦有了水意

此时，摆动的柳的姿势即风的姿势
一个有点失落的下午
但我只是那么一想
一只蝴蝶，居然又飞回来了

4

当我说开吧开吧
满院的紫藤，果然就扑簌簌地开了
一只蝴蝶如何忽现花间
我不知道。紫藤可能知道

但是当我说好看
那一定是在说一只蝴蝶
又一只蝴蝶。因为我听到一只蝴蝶
在喊粱兄小心，小心有刺！

（选自《星星》2016年第10期上旬刊）

上山记

唐德亮

路被阳光打开

脚印。牛或人的迹痕
记录被风吹走的光阴
洞穴里窖藏的春天不再沉睡
我从它身上取出温暖
掬出驳杂的月色

满山的树用叶子对话
浪漫的花朵满腹心事
山寨遥遥在望
魂影跃跃欲飞

（选自 2016 年 2 月 9 日《南方日报》）

钓矶台

凌　翼

从河岸凸起一块石头
少年黄庭坚坐在上面钓鱼
许久钓不上来一条
他不愠不火
一手里拿着钓竿
一手里拿着书卷

或许是鱼在钓他
他在钓书卷里的字
那一尾尾活蹦乱跳的鱼
跳跃在他的眼睛里
他坐在矶台上
那座小石台又陡增了高度

河风吹过来
将年龄从童年吹到少年
他将四书五经诵读一遍
一河的鱼都来咬他的钩
他垂钓
钓来深深浅浅的意境

修河的水在宋朝时就这么流着

在今朝也这么流着
我蹲在钓矶上
没有鱼竿
但有了更多的意象

（选自《西湖》2016 年 8 月号）

鸡足山

郭　明

踏着一抹彩云西下
乘着一只雄鸡奔月
倚山之势举目四望
群山万壑　绵延无垠
入地千丈的大足奔袭直下
陡然化为姿态万千的幽谷
也许是佛祖还嫌不够妩媚
又铺织一地连绵起伏的绿浪
这何尝不像清幽弥漫的离尘服
悠悠飘向那远方
踏着一抹彩云西下
乘着一只雄鸡奔月
驻足山下仰望长空
但见众山壁立捧托那青云直上九万里的天柱
原来仍为傲立苍穹一座峰
峰顶金寺逍遥自得插云空
犹如利剑贯长虹
又如雄鸡唱东风
不用拜佛已有神仙范
只手摘云如梦中

踏着一抹彩云西下

乘着一只雄鸡奔月
心儿早与祥云结伴
神思已与佛陀共鸣
邂逅这尊雄险奇幽的神山
哪里还会只恋神龙苍山的异景
亲吻这山涧幽幽流淌的圣水
哪里还会独赏文弱洱海的波澜
就把心儿泊在这片静谧的圣土吧
它定会拾掇淡去浮华的恬静
还世俗一潭禅意弥漫的清辉

（选自2016年8月17日中国诗歌网“每日好诗”）

苏　轼

诺布江村

像宋朝的一只雄鹰
您展翅飞翔的时候
让整个宋朝生长出
一片片仰望的目光

当您敛翅伏在宋朝的巨石上
您的周围迅速围拢了一群群乌鸦
他们把您的人生鸣叫成时代的乌云

让您穿越时空存活在历史和人们心里的
不是您跌宕起伏的人生
而是您夜游赤壁
率领一群闪光的文字
写成了震古烁今的《赤壁赋》
那滚滚东去的江水
一直洗涤
千年江山

尽管您辉煌的人生
跌落进了黄州
尽管您一生都在漂流
但您的诗词将永远在每个正直者的心中

激荡出万古不息的涛声

（选自《渝水》诗刊 2016 年 3 月第 1 卷）

断桥残雪

黄亚洲

没有疑问，这座桥在每一个朝代，都断过
无数次

不要归罪于雪，雪只是
企图弥合

每一片波浪都是剪刀
在暗中嚓嚓嚓响

天下能有多少种爱情，抗得住时间的流水
许仙那把雨伞，最终
也只撑住了自己

那个法海，究竟不懂谁的爱
感谢白雪，每年都作
徒劳的弥补

一把圆圆的雨伞
就是一个圆圆的桥洞
我听见许多朝代哗哗地通过桥洞
用剪刀的声音

断桥，一直在雪的伴奏下扭动，像一条蛇
至今活着

（选自黄亚洲诗集《听我歌唱杭州》，杭州出版社 2016 年 7 月）

在南方设计一场雪

雪 克

今夜无雪
今夜，我把所有的轻薄
视为雪。不过是若有若无的几片白
哄哄苦情男女的
几首诗，漫山遍野的腊梅
还是这样失身了
雪，其实是一件外衣
它愚蠢，不知道外衣之外
有人凭借它，密谋什么
不知道低头之间
风声已经传到牧羊人的耳朵里
一些东西闪耀太久
总在寻求坠落
他们悬于深远，面目驯良
他们在等待雪线收拢
从高处下到低处，从北方下到南方

（选自《齐鲁诗歌》2016年第1期）

门

雪　鹰

同名者甚多，即便
加一个老字。但是
你不逊于任何人
无论形而上，形而下
一箩海贝，与一碗海贝
美丽是一样的
碗里的，味道更鲜

（选自《诗选刊》2016年第7期）

寻人

梅苏

也许他是个绅士
有优雅而又孤独的言行
有干净的心

也许他是个赌徒
输光了时间
也输光了爱的权利

也许他是个逃犯
亡命天涯的时候
却仿佛少年游

也许他是个病人
患了健忘症
没有未来也没有过去

他热爱汉字
犹如爱自己的生命
他活在汉字的偏旁部首里

他在一个雨夜
把一个女人留作生活的人质

从此下落不明

（选自《金沙江文艺》2016年4月号）

我很久没有修剪文竹了

梧桐雨梦

如果她能按自己的意愿活着，
一定更加快乐心动或者心死
都由自己做主

其实她不需要太多暖阳一点点
清冷之光就足够了一点点
占有之心激荡之心一点点屈从反向
孤高和静默

有时为着一个不曾到来的人
她会疯狂长高自己伸展柔软的双手
秀发以及足跟以上每个好看的关节每一个
羞羞涩涩的小乳房

这让我不忍说三道四旁逸斜出也罢
不甘寂寞也罢我为什么要她活得像我一样
中规中矩？

我为什么要反复剪掉她仅有的一点私欲
憧憬和起码的自由

（选自《诗选刊》2016年第3期）

去一趟俄罗斯

深　耕

是时候了
我要去一趟俄罗斯

不看冬宫
不看阿芙乐尔号巡洋舰
也不看列宁讲演遇刺时的老工厂
（那里早已是一片废墟）

走累了
就在静静的顿河边
静静地坐着，享受阳光
看顿河里流的不再是血

我必须一路步行
到那座有名的庄园拜见托翁
我还要大着胆子，向普希金讨要地址
希望能够顺利地找到上尉的女儿

还有，这么多年了
我一直惦念卓娅和舒拉
这两只骄傲的小鹰
常常想起青年近卫军里那些

白杨树一样的姑娘和小伙
不知现今的俄国青年
还有没有人记得他们的故事

访问俄国的激情
在回国前达到高潮
夜晚，莫斯科郊外
在白桦林开阔的草地上
我和俄国共青团员一道
点起篝火，并邀请
美丽的俄罗斯姑娘
翩翩起舞，在熟悉的歌声里
走进过去的美好时光

（选自 2016 年 8 月 25 日中国诗歌网）

词语里的人

梁雪波

这是旧年的最后一口酒。
往事纷错，飞矢痛饮花朵。
这也是舌尖上燃烧的第一束火焰
——淑亮之心
在无雪的湖岸加速，
像从阅读中漏网的一尾古典之鱼，
我在鱼腹中更新着发音，
犹如阵阵厉风剥着它的鳞片，
剥着阳光下的餐盘。
记忆向湖心之吻更深地陷落。
我茫然如岸，
如岸边的斜柳，如柳枝
猛力抽打一个困在词语里的人。

（选自《中国诗歌》2016年第9卷）

水跃出海面的时候

绿袖子

中间还需要太多的设计
就如同一场晚宴来临之前的饥饿
如果我们再具象些。比如

附加一些盐，冥想
附加一些深呼吸
附加一些波纹，声音，拍拖词
海的菱角，就会陡然撑开

紧接着
就有了仙山，岛屿，甚至海市蜃楼
如果水的姓氏
再深入一些，再夸张一些
就会有一场更大洪水爆发
所有悬念和寂寞，被它带进带出

终究成了纯粹的，硕大的
一只容器。而我们在其中
不知疲倦，或者身陷绝境

（选自《星星》诗刊 2016 年 8 月号上旬刊）

飞翔的雨

隋英军

无法把雨和鸟儿相比
虽然都可以叫做飞翔
鸟儿剪开空气和云层，找到方向
鸟儿死了，它飘落的羽毛还会
帮助鸟儿继续飞翔
雨背着闪电，踩着闷雷
雨只有一个方向
它抱起自己纵身一跳
在闪电和雷声中
把自己埋葬

（选自《海燕》2016年第9期）

旧时光

彭惊宇

苍蓝的岁月之河
月光下黑白影片的相似人间

一只巨形的废齿轮
悬挂成农场小学的时钟
一排土房子，传出海蛎子般的歌声

白碱坡，疏疏落落的荒原人家
几颗寒星，被空旷的犬吠点亮
一垛走向炊烟的柴堆身披单薄的残雪

一个哈萨克牧人，骑着黧儿马
驱赶一群哞哞、咩咩的杂色牛羊
从畜牧场的冰雪土路上缓缓走过……

（选自《绿洲》2016 年第 4 期）

高铁（外一首）

董进奎

一根火柴擦过旷野
未燃尽，已到站
打开各自煨好的汤药
目光切切
弥漫牵挂的味道
站台之外，我
一根突兀的火柴
悬在空中
想火的光阴与谁有关
看枕木哭泣
泪如高铁

（选自《绿风》诗刊 2016 年第 3 期）

高原雪

过滤了尘埃与喧嚣
稀薄而明净
交于众生呼吸

一块块石头冥冥中脱胎
默念经卷

一粒粒透析出花朵

最精辟的言语融化凝练
滋润高昂的头颅
伏地吮吸

我割袍宽衣
囊括一片禅意
从高空提取自己

点燃毛发
挺一炷香火回归人间
雕刻一个叩拜

喊醒故人、土地、俗世
雪焚满地
山泉满地

（选自《牡丹》2016 年第 11 期）

渔 歌

蒋 在

我想用土壤
盖起
明日的某个潮汐
雨水的房屋和船
变成承诺
变成一生的年月还有等待

我们再次相见
会从彼此的眼泪中感到欣喜

他也不说
是这儿的海水不属于这里
还是装着黎明的器皿
早早抛上了夜空
让人回不了家

（选自《滇池》2016年第3期）

偷 闲

蒋本正

借
阳光一缕
清风一阵
花香几瓣
鸟鸣二三声

弄
清茶一杯
黄酒一壶
蔬菜几碟
诗书四五本

一人过一天

人说
虚度光阴

我说
熙熙攘攘中得自由
世上没一人能比

（选自《雪莲》2016年第3期上半月刊）

黄 昏

葛筱强

黄昏就要来了
楼下的夹竹桃暗藏
掩埋白昼的杀机
但楼顶的明月不愿意
它把一天的温度和轰鸣
揉成安静的风，放进
我的耳鼓。黄昏，更喜欢
让一个在星斗下习惯
诉说的人学会倾听
比如，一些幻觉淹灭了
另一些幻觉会长出水面
但黄昏依旧像往日一样
缓慢地推向我的胸口
仿佛一下子，就让我的襟抱
有了更多容纳虚空的力量

（选自《诗林》2016年第2期）

世界或许可以再嘹亮

韩少君

我们的争论隔着大洋，波澜闪耀，盐闪耀。
往年的酒事
俗人在水下追逐。

时代已经改变
炽烈的太阳
烤着奔跑的自我

一枝顶风摇摆的谷穗
温差之中，一天天灌浆
友人已成咖啡豆
亚马逊河岸
泥塑的盘盏
冒着新生活的热气

世界或许可以再嘹亮
我身体里流出的，只有米汤

（选自《汉诗》2016年第3期）

大地的抓手

韩文戈

清晨醒来，发现自己正抓着床头
在灯光下，我也会抓住一支笔
走出家门，登上公交车，我必须先抓住车门
然后是车里的把手
而抓住身边人是不可靠的
当然，如果朋友们一起上山游玩
我们也许会彼此帮忙
可我还是尽可能抓住凸出的悬崖
或从石头下长出来的树木，像抓住了大地的
耳朵，手臂，门环
其实，这一切都可以看作为
我一直在使劲抓住大地
抓住人世里那些根须，诗，弯曲的风
看得见或看不见的事物
以及厚厚尘埃之下那孤零零的档案
奇怪了，我更愿意抓住流水
我怕我被地球甩出去，成为其他星球的陨石

（选自《草堂》诗刊创刊号，2016 年）

DMZ

韩庆成

DMZ，有一个动听的名字
和平地带。其实直译叫非军事区
我们习惯叫三八线
中间是山花的天堂
鸟的乐园
让我险些忘了
这是个实行军事管制的
旅游区

和平都是脆弱的
一个钻头就可以把它穿透
在一直往下的地道中
我看见一个民族如何用他的坚韧
走向黑暗
无数的心
变成钻碎的石头
被装在弹弓上
等待发射

（选自《诗潮》2016 年 7 月号）

盲人按摩师

韩宗宝

我是第一次让盲人
做按摩
他是盲人
他戴着一副墨镜
他按摩的时候
他细长的手指 准确 有力
非常结实地
触及骨头和隐痛
后来
我就感觉到
身体里的天亮了

（选自《中国作家》文学版 2016 年第 11 期）

在海边喝青岛啤酒

傅大为

酒的浮力比海水还要大
在青岛，一瓶啤酒
就把我高高浮了起来

潮水远远退去了
岸，弯成臂膊搂紧夜色
星光点点，冒充闪烁渔歌
都说大海无边无际
其实我一口就能把它饮尽

此刻，海水只有斟满
我高举在上的酒杯
大海才称之为大海
才有了灵魂

（选自《青岛文学》2016 年第 5 期）

风过苇塘村

紫　苏

一洼水，何以安放执笔的流年
却足以安放一些美丽的词语和意象
比如格桑花的佛性、油葵的向阳梦
黄芩与野牵牛的厮守，散发着药香的百药园
摘一句无瑕的绝句，安放心间飞出的蝴蝶

一弯月牙儿，盛得下所有绽放的奢华
却盛不下旧年记忆之中的一片落草
风过苇塘村，所有的色彩托举塘乡的天空
大山深处的醉，买通了四通八达的路
也买通了向往乡村、逃离城市的心

种上黄灿灿的玉米，诱引几只狡猾的猪獾
在呐喊中复制爱新觉罗氏的狩猎神技
或者，安静地盘腿打坐，于月亮底下
剪上一些纸人。吹口气，等待奇迹出现
任瑰丽的梦想，婀娜此刻的月光

风过苇塘村，一段故事就此被打开
花开花落的结局，留下来慢慢地聊

（选自《诗选刊》2016 年第 10 期）

青龙湖

紫藤晴儿

如此的安静，一条湖
它弯曲的脊背不知有多重的负荷
雨声击打天空的碎片
爱与恨茫然于丛林
我不知道自己，与此地与尘世
是擦肩还是就此埋名

巍巍山谷，回荡着清亮的歌
其实我更想听到它的低沉，那悲怆的曲
似乎可以把消失的人或物
再召回一次似的

一条湖的思想有多深
我找不到答案，但我相信
它的秘密情感就在它的内部燃烧

（选自《诗刊》2016年9月号下半月刊）

墙上的挂钟

鲁　北

躺在老家的土炕上
和父母说话，看不见
墙上的挂钟时针指向哪儿
只听见钟声响了十下，又响了十一下
然后是十二下，接下去一下、两下、三下……

（选自《诗刊》2016年4月号下半月刊）

雨天，特别想你

鲁　蕙

有时候，我会想这些雨水
是不是从我的眼睛里流出来的
我喜欢雨水滴落的声音
就像，我是春天的迟到者
对很多事物产生疑问

雨天，心事稍不留神
就会泄露出来。长长短短
徘徊在林荫路的每个角落，树丛、花草间
我只好把这些留给梦
也许梦不会停顿

万物总有苏醒的时候。爱也是如此
我留恋你的气息
就像前世，你在雨天
一直等我

（选自《诗潮》2016年第11期）

如同火焰被水逼退

鲁侠客

如同罂粟，如同火焰被水逼退
如同一个个季节
被固有的事物囚禁
比如春被杨柳缚手
被少女的眼睛隐匿
被振翅北归的大雁藏于羽下
比如夏被屋檐下的雨滴淋湿
被喧嚣的蝉嘶、鸟鸣包围
被雷声、梅雨季节困在江南
比如秋被红叶点燃，被白霜诱惑
走进一枚枚石榴的内心，成为水晶
比如冬被突如其来的一场雪
深埋在十二月，被一串串冰凌
划过掌心
被朦胧的月光勾起失落，忧伤的回忆

（选自《星河》2016年春季卷）

傍晚

窗　户

再也不会有人遇见你的傍晚
就像再也不会有人想起你的傍晚
你除草回来的傍晚，砍柴回来的傍晚
守田水回来的傍晚，独自从山中、地里
回来的傍晚，月亮刚升起来
路边风高林黑的傍晚……你每天的傍晚
我能想到的只有这些——可这些
足够我遥想一辈子了妈妈！这些傍晚
就像后来升到天空里的星星

（选自《诗潮》2016 年第 2 期）

父亲的牙齿

曾　瀑

小时候，他曾经用牙齿，
咬下土匪的食指。年轻时，他曾经用牙齿
咬破了豹子的胆

他还以牙还牙，咬断过一条
毒蛇的七寸。甚至，他还咬死过一个
上门索命的鬼

父亲一辈子最大的功劳
就是用毕生的力气，咬下了老房子
背后的半座山

然而，他却未能咬碎天降的悲伤
女儿病死在怀中的那一年，一夜白了头
牙齿，一颗接一颗掉了下来

后来，他用仅剩的三颗牙齿
把我送到了遥远的青海。它们返乡的途中
全走散了，再也没有回到他的牙床

当我再次见到父亲的时候
只见他的嘴里空空荡荡，已嚼不烂一滴泪珠

咬不住最后一寸光阴

（选自《草堂》2016年第1卷）

山博罗的中午（外一首）

温　古

白云代替羊卧在山冈上
羊代替白云吃草

闪电代替鞭子割开浓云
鞭子领着雷霆继续爬坡

如果牧羊人变成了石头
那么狗为一群羊担负起全部责任

风跑累了，就到树丛里歇息吧
让雨点踩着草尖接着跑

一条溪流边跑边唱着流行歌
有朵浪高兴得竟跳了起来

灯的诵词

多高的天空，才能够上今夜的星星？
多浓的夜色，才能汇聚成水的深渊？

树叶哗哗响，北风的浪涛，正在搬迁一座灵魂的城
头顶嗖嗖飞过破碎的瓦片

我偎住一盏灯，扶着尘埃坐下
四面的河都远去了
旷野上，隐约有一匹白马在叫喊

明日清晨，白霜覆盖的大道旁
一朵金菊花，披着尘土，含泪绽开了
从噩梦中醒来的人们，会一起看见它

（以上二首选自《草原》2016年第5期）

我向往没有时间的城市

温经天

那里只是浮云和满月
臣服的钢铁和楼群
那里开满永不凋零的鲜花
果子自然是甜果子
那里的人们不会衰老
拥抱，问候，只聊未来
淡忘了战乱的过去。

我向往的城市没有雾霾
即使有，戴着口罩在拥挤大街
我也能一下子认出亲爱的你！
你的欢喜藏在瞬间明亮的眼睛
我向往这样的星球，围着月亮公转
却从不匮乏植物的养分。

流水必将更加汹涌，拍打着此岸
而我们安稳。这里只有希望
不浓不淡的光辉，没有悬崖和深渊
没有陷阱和阴暗的地下通道
道路纵横，不会阻塞你的心情
不会诱发我的担忧。

我向往这样一座没有时间的城市：
橱窗里的事物散发着语言的润泽
路边的小狗撑着雨伞打听走失的主人
而它的主人正捧着一杯热茶
观看一场历史剧，剧中人物疯癫
哭哭笑笑，而现实恬静，每个人的忧愁
只来自各自未完成的一首诗
没有时间的城市，我们有时间去写诗。

（选自《诗选刊》2016年第5期）

白鹿归原：悼念陈忠实

渭　水

生于白鹿原下
一方故土
滋养五谷繁衍草根
孕育出一代文坛大手笔

一个硬汉，风骨刚毅
满脸沧桑，裸露道道剑锋
一个思者，胸襟宽广
明灭雪茄，透出串串警句
一部巨著《白鹿原》
讲述爱恨情仇，披露民族秘史

悲哉，一位坚守家园的老人远去了
白鹿归原，空留下广袤的黄土高原
忠实厚重，沉甸甸，撕心裂肺

（选自《延河》2016年6期“纪念陈忠实专号”）

椅　子

谢克强

徘徊斗室
影子将我挂在墙上摇晃
摇晃久了
遂想找一把椅子
坐坐

坐在椅子上
想些铁门猜不透的心事
静寂缓缓武装着我
劝我再深刻些

说实在的　站了一天
谁都想有把椅子
靠在椅背上
绝非只是为了坐着舒服
有了依靠
心　不再飘泊

命运
纵使我无法选择位置
我却可以选择椅子
并且心安理得与之厮守

与之相依为命

没有椅子坐的人
总想占有一把椅子

（选自《星星》2016年11月号上旬刊）

孩子你哭了

蓝 珊

孩子你哭了
云朵弯下腰
吻着麦田
星星环绕你臂弯
一朵黑色的小花
张开笑脸
脚就是平原

孩子你哭了
天空坐进你的心里
羊群睁开眼睛
大雁衔来伊甸园的歌声
最好的医生
在天上

（选自《上海诗人》2016 年第 3 期）

立春之诗

雷 默

在两棵树之间
看见了飞鸟
雪中醒来的山村
仿佛大海嘴里的礁石

春天映照了四季
爱情点燃了一生
灰暗的树林里
积雪照亮天空

（选自《诗歌月刊》2016 年第 10 期）

用鹰的模样飞过西藏

楚郑子

我用影子低舔群山
用翅膀割裂天空与高原
近在咫尺的天葬台
空无一物　有雪的山
与无雪的山　在稀薄的空气里
紧紧相拥　瘦长的山谷
油菜花正开　青稞已黄
弥漫的河道两侧　经幡飘舞

这是人神共住的高原
草木不必高大　一出土
便已超越众生
我一直坚信雪山是神玩的游戏
俄罗斯方块雪一样下着
不小心　珠穆朗玛便堆上了天庭
雪是西藏最厚的容颜
一直用纯粹的白色　掩盖
山河的成因

金顶之下　布达拉宫红一半
白一半　把人神的分界刻在经书封面
星高月低的夜晚　经筒安静下来

屋顶的经幡有一句　没一句
替人祷告　替神安抚
路过的风和月色

我在西藏一日千里的飞翔
隐约看清　江山 以一个陂度下滑
在河流伸展的方向
次第张开四季 田野与村庄

（选自2016年8月29日中国诗歌网）

树干上看到父亲的脸

虞千野

路边的法国梧桐
有了某些变化

像是刚生了一场病
树皮剥落露出内里

树干的坑坑洼洼
和我父亲的麻子脸
何其相似

童年时，一场天花
他智慧的大脑在脸上
留下回纹

“人终将死去，生命却无处不在”
此刻，我
从树干上辨认出它

（选自《雪莲》2016 年第 4 期）

刀子

路　亚

一想到生活，刀子就出现了
风是刀，雨是刀，时间是刀，你的眼神是刀
纷飞的刀子，让日子倾斜得越来越快

有时，我给刀子读诗，使它们柔软
有时，刀光一闪，我来不及收藏
有时，刀子突然出鞘，这凶险的时刻
是流水喧哗的时刻，是一击就碎的蛋壳
这时，词语就是我的刀，我狠狠地掷出它们
但时间这把刀，一定在深夜被偷偷磨过
每早我睁开眼，就被亮瞎，被击伤

……说到底，我并不关心别人的刀子
只一心收藏着自己的刀，流泪的刀
活着，就是一把把刀子藏起来的过程

（选自《读诗》2016年第2卷）

舍 得

简 明

像秋天一样舍得
放下果实，放下一树一树的黄金叶
舍得秋色

像火车一样舍得
放下旅人，放下一车厢一车厢的站台
舍得离别

像蚂蚁一样舍得
放下身体，放下身体里的天空
舍得伟大

像农民一样舍得
放下土地，放下子孙后代的口粮
舍得富贵

像诗人一样舍得
放下笔，放下悲悯，放下大义
舍得良知

像伊拉克一样舍得
放下刀枪，放下种族的恩恩怨怨

舍得疆土
舍得头颅

（选自《左诗苑》诗刊2016年3月号）

移　交

潇　潇

深秋，露出满嘴假牙
像一个黄昏的老人
在镜中假眠

他暗地里
把一连串的错误与后悔
移交给冬天

把迟钝的耳朵和过敏的鼻子
移交给医学
把缺心少肺的时代
移交给诗歌

把过去的阴影和磨难
移交给伤痕
把破碎的生活
移交给我

记忆，一些思想的皮屑
落了下来
这钻石中深藏的影子
像光阴漏尽的小虫

密密麻麻的，死亡
是一堂必修课
早晚会来敲门

深秋，这铁了心的老人
从镜中醒来，握着
死的把柄
将收割谁的皮肤和头颅

（选自《诗刊》2016年9月号上半月刊）

等一封远方的书信

熊　焱

我一直在等，一直在等一封远方的书信
我一直在等一辆邮车穿过晨曦的丝绸
裹住晚霞火辣辣的热吻
我一直在等一枚信封里缄住的呼吸
写信的人在远方送上波浪般起伏的心情
我一直在等那几页薄薄的信笺
沿途为我捎来流水的歌谣和月光的梦境

想想曾经书信往来的日子，恍惚间已成隔世
我怀念方方正正的楷书，就像淬火的铁
在清水中抱紧铮铮的骨气
我怀念行书如飘飞的细雨
明月的杯盏斟满了清风的影子
我怀念狂草上的墨迹涌动着泥沙俱下的水声
我从浪花中捡起一片片闪光的鱼鳞

现在秋日正深，我鬓边的青丝
已染上了薄薄的霜迹
我手机上的短信、微信中的低语
都抱不紧鸿雁的一声脆啼
只有岁月在不停地幻变，不停地催促着人心

多快啊，这年岁又悄悄地增添了寒意
叶已落下了数秋，花已开过了几许
我还一直在等，一直在等一封远方的书信
就像这苍茫的人生，正在经历着颠沛流离

（选自《作家天地》2016年第10期）

一只玩具狗

黎　阳

他一动不动地关注着各个频道的消息
偶尔被插播的公益广告伤害一下
更多的时候，会被一集又一集的连续剧抓着
被那些曾经的记忆抓着

他趴着，趴在生活之后
不理会那些措辞不清的笑容
更不理会酒后踉跄的步伐
他只是趴着，等人掀动沙发才动一下

没有谁记得他来自哪里，我知道
几乎所有人忽略的我都知道
这只玩具狗的命运，就是趴着
趴着，等待岁月的尘土埋过他的头

（选自《诗林》2016 年第 4 期）

落 叶

潘永翔

它们次第落下来
像一个个捡拾薪火的人
它们用自身
点亮经一街的夜晚

一个穿风衣的人
踏着落叶走近夜色里
一个环卫工人
把夜色连同落叶一起
收进自己的温暖里

我看到一片叶子
不肯随着季节飘落
果断地站在枝头
一心一意
守护头顶的那片天空
它多像我啊
一生一世
守护我内心的纯净

（选自《海燕》2016年第5期）

故 乡

潘新日

炊烟直起腰身的那一刻，犬吠化作清冽的水
可以一声声开成花朵，可以成为粮食中的钢琴

父亲犁田，老牛拖着漫长的水月
母亲栽秧，我的名字被埋进草根的边缘

和庄稼一起成长的乡亲，还在田地里劳作
等待秋风，等待成熟，等待谷粒饱满时的炸响

麦子，是春露一生一世的娘
稻子，是汗水一点一滴的青春

游子归来，乳名被母亲纳进鞋底
拔草、割禾，打井水，把麦草揉成菊花

（选自《大观》2016 年第 7 期）

父　亲

髯　子

身子弯了，脾气弯了，脚步弯了
声音弯了，目光弯了
心和所剩不多的生命，都弯了

——八十四岁的父亲
多病在身的父亲，此刻
跟着我缓慢地走到门口，又孩子似地
望着我，走出巷子的父亲，已经用完了
他一生中所有的直线

（选自《星星》2016年第11期）

夜　行

燕赤霞

血色弥漫的黄昏
道路悬挂在群山臂弯
像柔韧的绳子
牵引车辆前行
夜色沿着峭壁升起
像黑暗
朝着内心跌落

命运的征程上
我已习惯
看不到路灯
任由诗歌的烛火
在无垠的旷野上
迎风摇曳

当星辰在大地上
升起穹顶的帐篷
谁的笛子
放牧苍凉岁月
一声长
一声短
声声断肠

闭上眼
我也知道
铁打的苍鹰飞累了
它们收拢翅膀
像我一样
渴望今夜付诸流水
渴望和平的梦境
伴随明天的太阳
照常升起

（选自《橄榄绿》2016 年第 2 期）

炒 雪

戴潍娜

喜欢这样的一个天
白白地落进我的锅里

这雪你拿走，去院外好生翻炒
算给我备的嫁妆
铺在临终的床上

京城第一无用之人与最后一介儒生为邻
我爱的人就在他们中间
何不学学拿雄辩术捕鱼的尤维亚族
用不忠实，保持了自己的忠诚
这样，乱雪天里
我亦可爱着你的仇家

（选自《诗刊》2016年5月号上半月刊）

艳　遇

鹰　之

每一首诗都是现场直播
它是真实的，并正在发生
当你有足够耐心看见，一枚飘忽的草叶
将丝瓜的藤蔓反复逗弄，直到
被它从一个近乎不可能的角度
突然缚住，又一圈一圈迅速缠紧
一只触角断掉的蚂蚁，衔着一颗麦粒
避开草丛与砂粒的羁绊，七歪八扭地
回到了家。你的眼睛忽然潮湿，
一个伪装完美的结界就此打开——
就像宇宙飞船从外星系向人间发射信息
你脑中放映室开始播映，一些
你从未见过的新奇、瑰丽情景显现
你像一个偷窥者，被突然而至的眼福震慑
但那些画面并不是流畅的，转瞬
便模糊、时断时续，像你大脑伸出的
一根破皮的数据线在摇晃不已的枝桠间
噼啪摩擦。这时，你童年经历的少许委屈
少年的些许创痛、青年的若干挫折，中年的无限忧伤
将从四面八方聚拢而来
像密密麻麻的光子扑向断裂口
啊，几百万个光子，一个不多，一个不少

恰好修复那根数据线不规则的缺失……
而你手中握着的也不再是笔，而是一支焊枪
一道道闪电在一枚枚汉字之间闪耀
雷声也此起彼伏，像掌声为你喝彩

当你从这场直播中虚弱地退出
用目光抚摸着一首诗身体上坑坑洼洼的疤痕
你会在幸福的忧伤中流泪，仿佛
那个偷窥者一下子成长为了母亲
你说，每一首诗都是灵魂的艳遇
却从不知它们的父亲究竟是谁

（选自《诗刊》2016年8月号下半月刊）

编后记

诗是高悬于我们头顶的日月星辰。诗歌选本的工作就是让有能量的诗歌星辰更好地发出光亮。新华出版社出版的《中国年度优秀诗歌》从2011年开始做起，今年已经是第六年了。在此，谨向广大诗人和读者朋友六年来的支持与厚爱表示感谢！了解当下诗坛的读者不难发现，在我们历年的选本里既有许多熟悉的名字，同时也有一些新鲜陌生的面孔不断涌现。通过我们的选本可以在一定程度上窥见当前诗歌创作发展的状态。

当下诗歌发展纷繁多变，筛选年度优秀诗歌的难度也越来越大，当然这对我们的工作来说也是一种挑战。目前年度诗歌选本有许多家，相互之间形成互补和竞争也是好事。对于我们来说，仍然是尽心竭力地把本年度出现的有特色、有代表性的优秀诗作选拔出来，奉献于读者面前。从入选作者人数和作品数量看，本卷选本又超过了以往五年的任何一年。

从2016卷起，我们不再采取九博士联合推荐的做法，而改用聘请业内几位名家担任顾问以指导编选工作的方式，希望此举能给读者带来新的气象和更多的期待。为此，特将以往五个年度选本中的九博士编委会名单（按姓氏笔画排序）集中公布于下，以对他们的辛劳付出深致谢忱——

2011卷、2012卷九博士名单：

杨志学、吴投文、汪剑钊

张立群、罗小凤、赵金钟

唐　诗、蒋登科、谭五昌